KB139186

집은 텅 비었고 주인은 말이 없다

집은 텅 비었고 주인은 말이 없다

조재형 산문집

소울앤북

일선 수사관으로 일하던 시절, 일에 끌려다니다 번아웃이 되었다. 쓰러지고 싶을 무렵 나를 바닥에 누이는 개인적 불행이 방문했다. 그 기회를 틈타 모두의 반대를 무릅쓰고 사표를 냈다.

한때 내 눈에서 칼날이 보인다고 했다. 그 속에 잠복 중인 살기의 잔여분을 씻어내려 눈과 입을 밀봉하고 살았다. 귀만 열어놓고 세상을 염탐하던 어느 날, 야생의 시詩가 날아와 내 안에 번식했다. 나는 가차 없이 칼자루를 버렸고 뜻밖의 펜을 얻었다. 살기가 빠져나간 틈으로 나의 언어가 자리를 잡았고 시인이 되었다. 지금은 시골에서 법무사를 생업으로 틈틈이 글을 쓰고 있다.

산문을 이끄는 소재들은 하나같이 내 몸을 상하여 얻은 것들이다. 자전적 에세이이지만 사건 현장의 애환을 부분적으로 삽입하였다. 변방의 시인이 법과 문학 사이에서 좌충우돌하는 과정을 서술한 것이다. 법과 언어는 문학과 멀리 있는 듯하지만, 그늘진 현실을 담아내는 점에서 무척 닮았다.

  낯선 내 이야기에 선뜻 지면을 빌려주신 출판사에 고마운 마음을 전한다. 책에 실린 사건들은 기본 사실을 바탕으로 하되 문학적으로 각색하고 인물은 되도록 가명으로 처리하였음을 밝혀둔다.

2021년 1월
조재형

| 차례 |

3부

4부

1부

망산望山

오랜만에 찾아갔는데도 흡족한 표정으로 맞아주는 산, 나는 나무를 붙잡고 그들과 잘 지내고 싶어 한다는 뜻을 심어주고 싶었다. 나는 정말이지 행운일 때마저 그걸 숨겨야 하는 질투의 도시로는 돌아가기 싫다.

산을 지키는 나무들이 서 있었는데 허리춤에는 열쇠 꾸러미가 없다. 나는 자물쇠 없는 숲에서 길을 찾았다. 세계를 바라보는 나무들의 얼굴은 무표정했고, 그것은 꾸밈이 없다는 것을 뜻했다. 그들은 거기서 오랫동안 자기들만의 걸음걸이를 갖게 되었다. 그리고 다져놓은 자기의 땅을 한 권의 책으로 읽는 동안 자기가 살아 있는 책이 되었으며, 산책에 빠진 나 같은 독자를 거느리게 되었다.

자백과 고백 사이

같은 본당의 신부에게 고백하는 성사는 끔찍했다. 같이 밥 먹고 같이 술 마시고 같이 담배를 피우던 사제에게, 밤중에 저지른 죄를 벌건 대낮에 밝히는 건 스스로에게는 폭력이었다. 나같이 소심한 고백자를 위해 본당에서는 손님 신부를 초대하고는 했다. 그러자 본당 신부에게 고백하는 사람들과 손님 신부에게 고백하는 사람들로 갈렸다. 고백할 것도 많고 고백할 내용이 끔찍한 나는 언제나 손님 신부 쪽에 줄을 섰다. 다시는 죄를 짓지 않기로 보속하고 고백한 그다음 주, 나는 또 같은 죄를 저지르고 미사에 참례하는 상습범이 되었다.

처음 나를 찾아왔을 때 그것은 수줍은 '부객浮客'이었다. 오래 머물지는 않았다. 두 번째 세 번째 그것이 방문했을 때 스스럼없는 '풍객風客'이 되었다. 두 번째 방문을 치른 다음 전과자처럼 대담해졌다. 참회 없이, 성사를 위한 고백을 저질렀다. 고백성사가 그것의 새로운 씨앗이 되었다. 내가 그것을 '식객食客'으로 대하자 서먹한 태도는 온데간데없어졌다. 그것은 나를 마음대로 들락거리는 '낭객浪客'이 되었다. 어느 때부터 내 양심의 비밀번호를 알아낸 그것은 '숙객熟客'으로 눌러앉았다. 나를 방문하는 그것을 이냥저냥 내버려 두니 숫제 주인 행세를 했다. 바늘구멍 출구로 다니던 '노객老客'은 배 한 척 드나드는 항구로 변했다. 머리카락 한 올 차지하다가 등골째 뽑아가려는 '폐객弊客'이 되었다. 한때 낯설었는데 지금은 낯익은 '자객刺客'이 되었다.

어디까지 죄인지 어디까지 반성인지 경계가 모호해졌다. 고백성사는 대축일의 통과의례가 되어버렸다. 차마 본당에서는 고백할 수 없었다. 할 수 없이 이웃 성당을 전전했다. 몰래 찾아간 성당에서 아는 사람을 만나면, 성사를 들킨 나는 뜨끔했다. 다른 성당에서 고백성사를 보는 것도 넌더리가 났다. 나는 조금씩 포기를 시도했다. 적당히 반성하고 적당히 고백하고 조금씩 프로가 되어갔다. 적당히는 나의 수단이고 비법이고 고백을 때우는 비밀병기였다.

진심으로 뉘우치는 사람을 용서하러 왔다는 성자 앞에서 나는 이방인이 되었다. 그런데 사람들은 나를 오인했다. 아니 내가 그들을 속였다. 그들은 내 표정에서 진심을 찾아냈다고 양심을 운운하고는 했다. 내가 저지른 양심 세탁에 넘어간 것이다. 잠복 중인 내 위선을 그들이 놓친 것이다. 나는 세간의 고평가된 내 불찰을 묵인하고 방조했다.

자장면 한 그릇의 오랜 기억

　고향에 들를 때면 생각을 붙잡는 어른이 계시다. 대나무가 둘러싸인 마당 너른 집 주인공은 내 죽마고우 석이의 아버지다. 일찍이 홀어머니 밑에서 자란 내게 자상한 아버지의 전형을 보여주신 그 어른을 잊을 수 없다. 아니 그분이 사주신 국수와 자장면 한 그릇을 잊을 수 없는 것이다.

　국수 한 그릇에 얽힌 추억은 이렇다.

　초등학교 6학년 때 고슴도치섬에서 전근 오신 담임의 주선으로 그 섬 아이들과 펜팔을 하게 되었다. 다른 애들은 지지부진하였는데, 나와 서신을 주고받던 섬 친구는 왕래가 끊이지 않아 그의 초대로 방학을 맞아 섬을 찾게 되었다.

　마침 같은 섬마을에 살던 석이의 누나가 그곳 보건소에 근무해 그와 동행하게 되었다. 어른은 섬으로 배가 드나들던 곰소항까지 우리를 바래다주셨다. 느려터진 완행버스를 타고 너덜너덜한 신작로를 기어서 곰소항에 도착하니 섬을 왕래하는 왕경호라는 여객선이 기다렸다. 땅꼬마인 우리는 낯선 여행이기도 하려니와 자주 타던 버스가 아니라서 지치고 배가 고팠다.

어른은 우리를 데리고 어물전을 지나 어느 골목을 비집고 들어가더니 김이 모락모락 나는 선술집에서 국수 한 그릇씩을 사주셨다. 주근깨가 덕지덕지 달린 선술집 아주머니가 멸칫국물로 말아준 국수는 겁나게 맛있었다. 숨도 쉬지 않고 단숨에 한 그릇을 비웠다. 어른의 배웅을 뒤로 한 채 우리는 여객선을 타고 섬으로 들어갔다.

섬 여행을 다녀오던 해, 초등학교를 졸업하고 그는 도회지로 나가고 나는 면 소재지에 남게 되면서 우리의 관계마저 적조해졌고 어른도 자주 뵙지 못하게 되었다.

국수 맛도 잊게 하는 세월을 넘겨 어른과의 인연은 이어졌다.

군대 입영통지서를 받아들고 그대로 떠나기 서운해 친구들을 만나려고 상경했다. 서울에서 일주일여 보내는 동안 모두 학생이고 변변치 않은 처지라 누구 하나 반반하게 술 한잔 살 수 없는 형편이었다. 여관비에 밥값, 술값도 떨어지고 돌아갈 여비까지 떨어지고 말았다.

친척의 도움으로 겨우 여비만 마련해 고속버스에 몸을 실었다. 여객 운임을 계산하고 주머니는 텅 비었다. 휴게소에서 잠시 정차했는데 어찌나 배가 고프던지. 자장면 한 그릇 먹고 싶은 생각이 간절했다. 도리없이 군침만 흘리고 있는데 마침 같은 차에 동승한 어른이 우리를 어느새 발견하고는 따라오라고 했다.

초라한 행색을 보고 우리의 처지를 눈치라도 챘던가 보다. 어른은 먹고 싶던 자장면을 곱빼기로 사주셨다. 어찌나 맛있게 먹었던지 지금도 자장면을 먹게 되면 삼십여 년 전 휴게소에서 단숨에 비운 곱빼기가 생각나곤 한다.

군대를 제대한 후 고향을 떠나 취직을 하고 장가들고 아이도 낳고 나는 어느새 중년이 되었다. 그 후로 아주 가끔 섬으로 들어가는 관문인 곰소항을 찾아보았다. 그런 때면 어른의 국수가 생각났다. 항구는 세월의 파고에 휩쓸려 많이 변했다. 주근깨 아지매의 흔적도 찾아볼 길 없었다.

고향에 들러 어른을 뵙게 되면 문득문득 국수와 자장면이 생각났다. 나는 꼭 시간을 내 따뜻한 밥 한 그릇 대접해 드려야겠다고 마음먹었다. 그러나 게으른 나는 때를 놓치고 말았다. 어른의 장례식장에서 육개장을 얻어먹는 신세가 된 것이다. 마지막까지도 어른은 나에게 베풀고 떠났으나, 나는 끝까지 얻어먹기만 하는 자였다.

낮은 자리를 지키는 사람들

　우리나라에서 가장 예쁜 이름을 가진 성당이 소록도에 있다. '아기사슴 성당'이다.

　공직에서 자연인으로 돌아와 고군분투하고 있을 때다. 새로 앉은 의자가 뿌리를 내릴 수 있도록 밤낮 가리지 않고 달렸다. 떠안은 빚을 갚기 위해 돈을 벌어야 했던 빈자의 신분이었다. 그 시절 나는 내면에 박힌 대못을 뽑아내는 중이었다. 안팎으로 쫓기며 살던 그 무렵, 성지순례단이 소록도를 방문한다는 소식을 접했다. 쌓인 일정을 제쳐두고 무작정 한자리 얻어 일행을 따라나섰다.

　새로 개업한 데다 업무가 폭주하는 연말인지라 종일 자리를 비우고 합류하는 것이 꽤 부담이 되긴 하였다. 그러나 꼭 한번 가보고 싶던 곳이라 망설이지 않고 동행했다. 순례단은 성당의 나환우들에게 전해줄 떡과 과일 등을 준비해가며 '위로 방문'이라고 목적을 밝혔다. 나는 호기심 반에 한하운 시인 행적 찾기가 참여의 동기였다.

　소록도 가는 길은 멀었다. 문둥이 시인은 "가도 가도 붉은 황톳길…"이라고 적었는데, 버스로 가는 데만 두어 시간 남짓 걸렸다. 지금은 녹동항과 소록도 사이에 소록대교가 개통되었지만, 그때는 녹동항에서 자그만 배를 타고 섬으로 들어갔다. 선착장에 내려 저마다 짐을 들고 걸어서 제1성당까지 갔다. 미사에 참례하고 점심을 나누어 먹은 다음 나환우들과 시간을 갖기 위해 제2성당으로 넘어갔다. 만남의 장소에 도착해 원장 수녀님과 먼저 상견례를 했다. 수녀님은 할머니였는데 부임한 지 오래되어 섬의 산증인이었다.

대부분 휠체어에 의지한 나환우들이 하나둘 모이기 시작했다. 한센병(나병)으로 인해 손과 발 같은 신체 일부가 문드러져 형체를 알아볼 수 없거나 변형된 상흔을 간직한 이들이 태반이었다. 수녀님을 사이에 두고 순례단과 나환우들이 서로 마주 보고 자리를 가졌다. 우리는 누가 뭐라고 할 것도 없이 일동 기립했고, 그들은 앉아서 우리를 맞이했다.

나환우 대표의 환영 인사와 순례단의 답례가 오고 갔다. 즉석에서 수녀님이 성가를 제창하자고 제안하였다. 그들이 어떤 노래를 자주 부르는 줄 아느냐고 물었다. 가톨릭 성가 61번이었다. 〈주 예수 그리스도와 바꿀 수는 없네〉로 시작하는 그 노래.

노래를 따라 부르다가 목이 메어 멈추고, 다시 부르다가 치밀어 오르는 뜨거운 덩어리가 더는 부를 수 없게 하였다. 함께 간 모두 차마 끝까지 부르지 못하였다. 동요된 우리와는 달리 그들은 담담한 표정과 몸짓으로 끝까지 다 불렀다.

그랬다. 소록도 밖에서 온 우리는 세상의 부귀영화와 명예를 움켜쥐고도 더 가지려고 혈안이 되어 살아왔다. 하지만 소록도 안의 그들은 세상 부귀영화와 그 어떤 행복도 그들의 세계와 바꿀 수 없다고 외쳤다. 세상 즐거움 다 버리고 세상 명예도 다 버렸다고 외쳤다.

그들은 노래를 통해 우리에게 웅변했다.

가장 낮은 곳으로 내려간 자만이 가장 높은 곳으로 임할 수 있음을. 모든 것을 아낌없이 다 버린 자만이 모든 것을 다 가질 수 있음을.

*

그들의 눈썹이 다 빠져 무표정이 되었다. 내가 허영을 조림하려 눈물을 무단 벌채한 탓이다. 그들의 두 눈이 빛을 놓쳤다. 내가 세상을 굽어보지 않고 노려본 탓이다. 그들의 뒤틀린 입술 사이로 말씀이 비틀거렸다. 내가 증오를 입에 올리며 위증을 일군 탓이다. 그들의 굽은 손가락이 꽃반지를 떨어뜨렸다. 내가 두 손을 흉기처럼 휘두르며 하늘을 찌른 탓이다. 그들의 문드러진 발가락이 걸음을 등졌다. 내가 금단의 땅을 쏘다니며 금쪽같은 시간을 빼먹은 탓이다. 그들의 썩은 살과 고름이 낮과 밤을 채웠다. 쾌락을 낚으려는 내가 욕망의 바다에 알몸을 내던진 탓이다. 그들이 육친과 생이별한 섬이 홀로 저물고 있다. 내가 쌓아 올린 담장 밖으로 형제들이 밀려난 탓

이다. 나의 눈썹과 나의 입술, 내 손가락과 내 발가락은 어찌
하여 성한 것인가.

두 개의 낡은 이정표

늙은 아내가 깊은 병이 들었다고 했다. 아내 앞으로 등기해둔 집을 다시 남편 앞으로 넘겨달라는 의뢰였다. 먼저 등기상 명의자인 아내가 직접 발급받은 인감증명서를 요청했다. 그러나 아내가 병석에 누워 있어 곤란하다고 했다. 사정이 그렇더라도 대리인이 발급받은 인감증명서로는 등기 신청이 어렵다고 거절했다. 그러자 딸이 아픈 엄마를 모시고 민원실을 방문하여 인감증명서를 발급받아 왔다. 그런데 하룻밤 사이에 심경의 변화를 일으켰다. 남편이 자기 앞으로 이전하는 것을 거절하면서 딸 앞으로 넘겨달라고 번복했다. 남편은 올해 아흔아홉이다. 자신도 곧 떠날 몸인데 자기 앞으로 옮겨놓으면 얼마 지나서 다시 자식들 앞으로 넘겨야 할 테니 두세 번의 번거로움을 주기 싫다는 것이 이유였다. 그러려면 인감증명서를 다시 발급받아야 하는데 아내는 힘들어서 더는 민원실 방문이 어렵다고 했다. 하는 수 없이 내가 노인의 집을 방문하기로 했다. 직접 본인을 만나 증여 의사를 확인하는 것은 반드시 거쳐야 할 절차이다.

아내는 산그림자처럼 길게 누워 있었다. 지상에서 떠날 날을 받아놓았다고 가족이 귀띔해주었다. 몸져누워 있는 환자라 구술만으로는 한계가 있고 온몸을 사용하여 대화를 나눠야 했다. 그것으로 모자라 일상 가사 대리권을 가진 배우자(남편)에게 딸 앞으로 증여할 것인지 의사를 재차 확인했다. 남편은 난청으로 말귀를 잘 못 알아들었다. 할 수 없이 필담으로 의사를 확인했다. 다행히 남편은 귀만 어두울 뿐 총기가 무척 좋은 편이었다. 상노인이지만 눈빛도 형형했다. 아내는 말을 잘하지 못하고, 남편은 귀가 먹었고 자신들의 의사표시가 어눌했다. 두 노인은 어린 남매 같고, 보호자인 딸이 차라리 엄마처럼 보였다. 노인들의 입과 귀를 딸이 대신하고 있었다.

나에게는 두 노인이 어떤 이정표처럼 보였다. 가로로 누워 있는 아내는 죽음으로 돌아가는 방향을 가리키고, 아내 옆에 세로로 앉아 있는 남편은 삶에서 죽음으로 서서히 진입하고 있는 서행 구간을 가리킨다고 할까. 원래 소리 없이 표정만으로 제 역할을 다하는 교차로의 이정표처럼. 두 노인은 주름살로 도색된 두 개의 낡은 이정표였다.

죽음을 목전에 둔 두 노인에게 재산은 그저 짐에 불과했다. 이제는 사용할 여지가 없다고 적재를 거부하며 자식에게 하역하기를 원했다. 누워 있는 노인의 입에서 간간이 새어 나오는 신음은 경적처럼 들렸다. 목적지가 얼마 남지 않았다는 신호를 보낸다고 할까. 경적의 간격이 좁아질수록 목적지도 근접할 것이었다. 진입해야 할 방향을 가늠하려고 저 너머의 세계를 내다보고 있는 것처럼, 대화를 나누는 틈에도 노인은 눈을 감았다 뜨곤 했다. 내 눈에는 까마득하게 멀어서 아직 안 보이지만, 노인이 감은 눈 속에서는 그 세계가 보일지 모른다. 서류 확인을 마치자마자 서둘러 돌아가려는 내 모습이 과속하고 있는 자동차처럼 보였는지, 노인이 근심스러운 눈길로 나를 바라봤다. 노인과 나는 규정 속도에서, 많은 차이를 두고 있었다. 내가 여태껏 헤매고 있는 삶으로의 주행 방향이 목적지에 거의 다다른 노인에게는 모든 게 손바닥에 놓인 것처럼 훤히 보일 것이다.

나는 노인의 얼굴에 바짝 대고 눈빛을 마주한 채 말했다. "꼭 오래오래 사세요." 뻔한 인사말이지만 내 진심이 의심받지 않기를 바라면서. 나를 배웅하며 마주친 남편의 눈빛은 시간을 밧줄처럼 꽉 붙잡은 채 놓지 않으려는 등반대장의 눈빛과 닮아 보였다. 잠깐 기다리라고 하더니 냉장고를 뒤져 과일 몇 개를 비닐봉지에 담아주었다. 거절하면 서운해할 것 같아 벼룩의 간 같은 과일 봉지를 들고나왔다. 이 별은 별로 크지 않으니 노인이 다른 별로 돌아간 뒤에도 얼마든지 이 별에서 거두어 간 추억을 기억하기를 마음속으로 빌었다.

가을의 비품

하느님이 말을 걸어도 우리가 잘 알아듣지 못하므로 풀
벌레를 발명했다. 하느님이 다가와도 우리가 잘 알아보지 못
하므로 단풍을 발명했다.

고독을 방치한 대가

H의 죽음을 담은 문자가 도착했다. 말도 안 되는 사건이 벌어진 것이다. 출근을 미루고 장례식장으로 달려갔다. 식장은 한껏 낮춘 목소리뿐이었다. 동네 사람들은 극도로 말을 아꼈다. 묻지도 않았는데 누군가 친절하게 사인死因을 들려주었다. 저녁에 음독하였고 밤새 고통을 겪다가 새벽에 숨졌다는 설명이었다.

그를 생각하면 말문이 막힌다.
증언할 것이 많아 먼저 하고 싶은 말이 병목현상을 겪을 정도이다. 그의 불행이 내 탓은 아니지만 나는 그의 불행에 결백하지도 않다. 어떤 식으로든 나에게 책임을 묻지 않을 수 없다. 감추려 애를 써봐도 기억의 창고에서 그를 소환하면 그늘이 딸려오고, 돈 몇 푼에 지질하게 굴었던 내 이면이 드러난다. 하지만 고해실에 입장해서도 인색했던 그 시절의 비행만은 고백하지 않았다. 참회의 목록에서 누락시킨 것이다. 지금도 나는 여전히 그의 이름을 입에 올리지 못한 채 에둘러 말하며 얼버무리고 있다. 그에게 빚을 갚지 못했기 때문이요, 그에게 빚 갚을 기회가 없기 때문이다. 그렇게밖에 그를 보내지 못한 나는, 소주 한 병을 비우고라도 골방으로 돌아와 어린아이처럼 울음을 터뜨려야 했다.

부검은 필요 없었다. 전후 사정을 그의 가형이 목격하였으므로 의심의 여지가 없는 변사였다. 유서는 빠뜨리고 갔다. 그럴 새도 없이 죽음 속에 뛰어들었으니….

장례식장에는 조문객이 별로 없었다. 초라한 풍경은 가난했던 망자의 생애를 대변해주었다. 유족을 대표하여 그의 가형이 무겁게 인사를 받았다. 집구석에 처박혀 지내는 그를 평소 못마땅하게 여기던 가형과 실랑이가 벌어졌다고 털어놓았다. 나는 더 묻고 싶지도 듣고 싶지도 않았다. 말 없는 그의 처지에서 이 지경까지 몰고 온 가형을 향해 원망의 눈총을 겨누었다.

그날도 나는 일에 쫓기느라 저녁에 빈소로 돌아가 그의 마지막을 지켜줘야 하는 의리감은 저버린 채 귀가했다. 퇴근 이후, 저장번호 외에는 전화를 받지 않는 편이다. 그런데 낮모르는 번호가 화면에 떴다. 무심코 받았는데 그의 가형이었다. 애도에 돌입한 첫날 저녁인데 바쁜 와중에 왜 내게 전화했을까. 그와는 생전 처음 하는 통화였다. 대뜸 돈을 빌려달라는 말부터 꺼냈다. 장례식 비용으로 필요하다는 거였다. 떠나기 전날까지 가형의 괄시 속에서 보낸 그의 처지를 익히 알고 있는지라 짜증이 솟구쳤다. 돌려받기 어려울 거라는 속셈도 거절에 한몫했다. 자기 육친도 많을 텐데 하필 나에게 전화로 돈 얘기를 꺼내다니. 나는 이미 귀가한 상태임을 빌미로 다른 지인의 번호를 알려주고는 통화를 끝냈다. 그런데 그만…. 그 전화상의 거절에 대한 부채감으로 더는 빈소에 가볼 여력이 생기지 않았다.

동굴처럼 캄캄한 그의 제국 속으로 생전에 몇 번 찾아갔었다. 나의 종용에도 불구하고 그는 타지로의 외출을 사양했다. 그저 한물간 예술계 선배를 거론하며 가망이 없어 보이는 꿈만 만지작거렸다. 하다못해 읍내도 넘보지 않고 겨우 면 소재지 주변만 맴돌았다. 집에서 면 소재지까지 반경 수 킬로미터 이내로 자신의 세계를 국한한 것이다.

원래 우리는 얼굴만 봐도 근심의 깊이를 알아보는 사이였다. 그는 밤중에 불쑥 찾아와 자기 혼자 세우고 혼자 다스리는 자신의 나라에 관한 얘기를 꺼내곤 했는데, 나는 그때마다 예의상 들어줄 때가 많았던 것 같다. 골방에 유폐 상태로 놓인 그와 내가 거리를 두기 시작할 때부터 그는 더이상 나와 같은 세상의 구성원이 아니었다.

내가 막 전역을 하고 수년 만에 다시 만났을 때 그는 나에게 석연찮은 이야기를 들려주었다. 하늘에 해가 두 개나 떠 있는 걸 본 적 있고, 다른 사람들도 같이 봤다고. 그는 보았다고 진술하는데 나는 본 일이 없고, 그가 말하는 현장에 없었으므로 그의 발언을 설불리 부인만 할 수 없었다. 평소 거짓말하는 친구가 아니라서, 그가 하도 진지하게 나오는 바람에 하마터면 나도 믿을 뻔했다. 나중에서야 내가 군 복무로 떨어져 지내는 동안 그가 정신병원에 잠시 입원했다는 병력을 알게 되었다.

그는 다방면에 끼를 갖춘 팔방미인이었다. 차라리 한 가지 장기만 있었으면 더 나을 뻔했다. 너무나 많은 재능을 가진 그는 그 많은 꿈을 쫓아다니다 하나의 꿈에도 도달하지 못했다. 다른 친구들이 꿈 하나씩을 장전하고 미래를 향해 질주하고 있을 때도 그는 망설이는 데 대부분 시간을 할애했다. 그는 자폐 상태로 방치된 골방에서 지친 탓인지 점점 말수가 줄었고 담배만 물고 살았다. 내가 알고 있던 그 무엇도 그에게서 찾아볼 수 없었다. 나는 그가 늦게까지 방황한다고 여겼을 뿐이다. 하지만 꿈이 많은 그의 눈에는 세상이 무척 좁았는지 모른다.

그는 우리가 알고 있던 학우 중에서 가장 기대를 많이 받았다.

하지만 그는 고독을 너무 오래 방치하였다. 고독을 버려둔 대가는 끔찍했다. 골방에서 반려견처럼 길러온 자신의 고독에 물려 죽은 것이다. 우리가 사전 속에서 관념으로 만나온 고독을 그는 현장에 방목하였다. 고독에 처참히 물려 죽은 그는 응급실에서 백일몽을 깬 주검으로 발견되었다. 가슴에 박혀 있던 못 자국은 고독에 물린 이빨 자국으로 판명되었다. 장례식장 주변에서 스산한 바람 몇 점이 조문객들 발길에 차였다. 그의 사체 옆에서 '사채私債' 같은 고물은 발견되지 않았다. 상속인들은 이구동성으로 노파심을 내려놓았다. 빈소를 빠져나오는데 농약 냄새가 골목을 활보하고 있었다.

살인을 정독하다

　존속살해 사건의 범인이었다. 눈물을 앞세우고 나타난 그는,

　신문은 우발적 단독범행이라고 대서특필했다. 피해자는 노령의 의붓아버지였다. 가해자인 그는 시골의 작은 교회 청년회장이었다. 잘생긴 주일학교 오빠였다. 딸은 많은데 아들 하나 없는 홀아비에게 재취한 엄마를 따라와 준수하게 성장한 청년이었다.

　처음 입적했을 때는 집안의 사랑을 독차지했다. 아들 없는 집안에서 복덩이 취급을 받았다. 그런데 의붓아버지와 사이에 엄마가 아기를 낳았다. 새로 태어난 아기에게 사랑이 쏠렸다. 기형적 혼인의 부산물인 의붓자식은 집안의 천덕꾸러기로 탈바꿈되어 갔다. 새아기가 태어난 이후로 그는 언제든 버림받을 수 있는 위험에 노출된 것이다. 생모는 하는 수 없이 그를 생부에게 보냈다.

　차가운 계모에게 사랑은 선택이고 학대는 필수였다. 심지어 연탄집게로 얻어맞는 가혹행위를 당하며 순진하던 소년

에게 발작이라는 불청객이 찾아왔다. 유리창 같은 소년의 마음에 금이 간 것이다. 급기야 정신과 질환으로 번졌다. 나중에야 그 상황을 인지하게 된 생모가 소년을 다시 데려왔다. 그러나 이미 그의 정신세계를 지배한 병이 자리를 잡은 후였다. 병이 발병한 이후로 그는 언제든 타자들에게 폭탄으로 터질 수 있는 위험에 놓인 것이다.

생모는 따로 방을 얻어 두 집 살림을 차려야 했다. 치료약을 꾸준히 먹으며 회복을 시도했다. 다행히 상태가 호전되었다. 하지만 청년으로 자란 내면은 계모에게 받은 학대가 의붓아버지의 버림으로 빚어진 불행이라고 해석했다. 계모에게 향할 복수의 칼날이 의붓아버지 쪽으로 방향을 잘못 튼 것이다. 그간의 경위야 어찌 되었든 의붓아버지 집을 다시 왕래하며 순탄하게 지내는 듯했다. 그런데 병세가 호전되었다고 느낀 청년이 얼마 동안 약을 끊고 지내자 그 몹쓸 병이 재발했다.

사건 당일, 의붓아버지 혼자 있는 집에 청년이 찾아갔다. 소와 다름없던 의붓아버지 특유의 미소를 청년은 비웃음으로 읽었다. 그 순간 청년의 내면에 똬리를 틀고 있던 병증이 또 다른 내면의 악마를 부추겼다. 눈에 불을 켜고 자신도 모르는 분노를 휘둘렀다. 영문도 모른 채 의붓아버지는 잔인하게 죽임을 당했다. 달아난 청년은 산속을 헤매다 형사들이 쳐놓은 덫에 걸려들었다.

특별호송을 받는 살인범으로 송치된 청년은 멀쩡했다.

머리에는 뿔도 안 나고 엉덩이에는 꼬리도 없었다. 그저 자신의 참혹한 운명에 빠져 울고 또 울었다. 대개의 살인범은 자포자기 상태에서 적대적인 변명으로 일관하며 부인하는 데 반하여, 그는 자신을 변호하기보다는 자신의 행적을 뼈아프게 탄핵하고 한없이 책망했다. 강력 사건은 막무가내로 부인하는 죄질 속에서 자백을 받아내는 게 묘미인데, 길 잃은 양처럼 떨고 있는 청년이라니 난감했다.

필요 이상의 악의를 품지 않는 것. 사건의 성격을 미리 규정짓지 말자고 나 자신에게 주문했다. 다 알아보고 나서 사건의 성격을 규정해도 늦지 않다고 생각했다.

'눈물의 진의를 파악하는 것이 이제부터 내가 할 일이다.'

처음엔 젊은 살인자의 눈물을 믿어야 할지 망설였다. 나를 설득시키기 위해 가장하고 덤비는 눈물인지 점검이 필요했다. 진실의 조사를 업으로 삼고 있던 내가 조심히 다룰 것이 눈물이었다. 그것은 생각보다 위조나 조작이 웃음보다 쉬웠다. 냉혈한 인상보다 눈물이 효과를 보이기는 했다. 사건 기록에서 접한 공분감이 쏟아내는 눈물로 인해 누그러진 것이 사실이었다. 눈물의 이면에 감춰진 진실을 찾아내는 것이 중요했다. 적어도 그의 눈물이 내게 잘 보이려는 위조품은 아닌 게 분명해 보였다.

살인 피의자와 수사관으로 악연을 맺은 나에게 청년은 계모 밑으로 버려져 짐승처럼 짓밟혀온 비화를 한꺼번에 쏟아냈다. 악랄한 범인의 진술이 아니라 고독한 청년의 고백이었다. 간간이 교회의 청년회 활동과 이종사촌 사이의 애틋한 추억 등 소소한 이야기를 섞어 들려주었다.

기록을 면밀히 검토한 주임검사는 심신상실 상태에서 벌어진 사건으로 판단하여 청년을 치료감호소로 보냈다. 정신감정 결과 심신상실 중의 범행으로 감정되었다. 잔인한 수법으로 본다면 사형을 면하기 어려운 중죄인이었다. 여러 정상을 참작한 재판부는 무기징역 대신 심신의 치료를 전제로 장기의 유기징역을 선택했다. 그와 내가 20일간 문답으로 저술한 한 편의 서사가 판결문상 정상참작의 밑거름이 되었다.

도둑으로 걸고넘어지다

나는 그때 특별수사팀 소속이었다. 전국적 조직을 가진 공공단체의 누적된 비리를 파헤치라는 상부의 지시가 떨어졌다. 우리 팀은 사회적 이목을 끌 만한 비리를 캐내거나 거기에 걸맞은 단속실적을 올려야 하는 상황이었다. 당장 짧은 시간에 자료를 수집해 쓸 만한 사건을 인지할 수는 없는 노릇이었다. 이리저리 철 지난 사건을 뒤지다 월척 정도는 아니어도 관심을 가져볼 만한 묵직한 파일을 찾아냈다. 수년 전, 지역 공공단체의 중견간부가 수십 억대 자금을 횡령하고 도주해버린 사건이었다. 그 간부는 기소중지라는 이름으로 공소시효를 향해 묵혀가는 중이었다. 우리는 그가 시효에 도달하기 전에 그를 세워야 했다.

처음에는 막연했다.

이 잡듯이 사건 기록을 뒤졌다. 실마리를 찾아내려고. 막상 그에 대한 소재를 파악해보니 사건이 터지자마자 사표도 내지 않고 잠적해버려 오리무중이었다. 연루된 단체에서도 그의 행방을 전혀 모른다는 것이고, 가족들은 협조해줄 리 만

무하였다.

새로 그림을 그려봤다. 기소 중지된 도망자의 입장으로 돌아가 상상력을 동원했다. 선입견을 품은 삼인칭 시점으로는 고정관념이 수사관으로서 추적을 방해했기 때문이다. 일인칭 시점으로 사건을 들여다보기 시작하자, 삼인칭으로 볼 때 맴돌던 단서들이 풀리기 시작했다. 실타래처럼 얽힌 통화 명세를 훑어가니 수도권의 몇 군데가 은신처로 급부상했다.

신병을 확보하기 위해 인상착의를 잘 알고 있는 관련 인물을 대동하고 수사팀을 꾸려 무작정 서울로 향했다. 두 군데 정도를 집중적으로 탐문과 잠복을 하다가 마지막 은신처로 추정되는 골목 부근에 차를 세워둔 채 체포 작전을 숙의하고 있을 때였다. 갑자기 그가 골목 안에서 나와 큰 도로 쪽으로 나가는 게 포착되었다. 자칫 잠적해버려 그가 택시라도 잡아타버리면 놓칠 판이었다. 그렇게 되면 거창하게 전담팀을 꾸리고 간 우리는 낭패에 빠질 판국이었다.

재빨리 차를 돌려 뒤로 따라붙으니 그는 이미 큰 도로를 건너 택시인가 일행인가를 기다리는 눈치였다. 어영부영하다가는 놓칠 것 같은 예감이 들었다. 그대로 차를 몰고 큰 도로를 무단횡단해 바짝 차를 붙임과 동시에 덮치려고 시도했다. 그제야 우리의 정체를 알아차린 그가 몸을 돌려 다시 조금 전 나왔던 골목 쪽으로 달아나기 시작했다.

우리는 너 나 할 것 없이 구둣발로 쫓아가는데, 운동화를 신고 있는 그는 잘도 달렸다. 해는 져서 전깃불이 하나둘 켜지고 있었다. 미로 같은 좁은 골목으로 쏜살같이 들어가거나 담이라도 넘어버리면 닭 쫓던 개 꼴이 되는 상황이었다.

나는 뛰면서도 '이러다 정말 이 새끼를 놓쳐버리면 안 되는데 씨발'이라고 중얼거리며 이를 악물고 뒤쫓는 찰나 나도 모르게 신음처럼 외마디가 튀어나왔다.

"도둑이야!"

"도둑이야!"

나는 고래고래 소리를 질러댔다. 난데없는 내 악다구니에 나도 내가 낯설었다.

그때까지 도망가는 그와 뒤쫓는 우리를 깡패들 패싸움 정도로 치부하고 강 건너 불구경하던 사람들이 웅성거리더니 그를 가로 막아서기 시작했다. 급기야 한 사람이 발을 걸어 결국 길바닥에 그가 고꾸라지고 말았다. 잽싸게 다가가 우리의 신분을 밝히자 그는 의외로 순순히 체포에 응했다.

"아이고 이렇게 붙잡히니까 차라리 후련하네…."

"그동안 가족이랑 떨어져 10년 가까이 힘들었는디…."

뜻밖에 호의적으로 나오는 그에게 나도 경계심을 풀고 물었다.

"근데 형씨, 아까 우리가 누군지도 모르면서 뭣 땜시 다짜고짜 도망갔소?"

검은 차량에서 젊은 놈들이 우르르 뛰쳐나오기에 조폭들이 오인하고 자길 붙잡으려는 줄 알고서 일단 도망가야 할 것 같아 그랬다는 것이다.

그러면서 한마디 보탰다.

"나는 도둑은 아닌디….."

귀청하는 길에 그가 그간의 고충을 털어놓았다.

수배된 그 날 이후 그는 무국적자나 다름없었다. 숨어서 최저생계비로 지낼 수 있는 곳은 없었다. 최저생계 벌이가 가능한 곳도 없고, 최저 노출이 수월한 곳도 없었다. 그가 숨어 지내는 동안 집안에는 균열이 생기고 자신의 정신에도 심한 균열이 생겼다. 자해하고 싶은 마음이 굴뚝 같아서 차라리 가족이 나서서 신고라도 해주었으면 싶은 날도 있었다. 수배 생활이 자기 청춘의 중간을 망가뜨렸다. 시효를 향해 달리는 동안 그에게는 시간이 자기 자신보다 더 중요했다. 시효가 임박한 그에게 시간을 대신할 수 있는 것은 이 세상에 없었다. 사회로부터는 도피할 수 있어도 생계는 피할 수 없었다. 도망으로 구속은 면했으나 자신에게만 갇혀 사는 것이 숨 막혔다. 검거되면서 비로소 그는 자신의 감옥에서 해방되었다. 구 년만의 출소였다.

내 청춘의 겨울날

나는 한때 일간지로 발행되기를 열망했다
반전이 되고 오늘의 운세가 되고
당대에 회자하는 특종을 그리곤 했다
하지만 누구도 나를 구독하지 않는다
타인에게 나는 지나간 서정이고
금기어이고
케케묵은 서정이다

－「자화상」 중에서

　그해 봄, 나는 삼 년간의 군 복무를 마치고 제대했다. 수중에는 돈 한 푼 없었다. 이력서에 채울 경력도 한 줄 없었다. 어머니의 구멍가게 틈에서는 어떤 꿈도 키울 수 없었다. 형이 사는 도회지로 무작정 뛰쳐나갔다. 근방에 있는 독서실에 틀어박혔다. 어머니에 대한 부채감이 나를 수갑처럼 독서실에 가두었다. 내 자리를 발견할 때까지 구금을 자처하기로 했다.

독서실은 궁색한 나에게 시간과 공간이 딱 들어맞는 유형지였다. 봄이었으나 나는 겨울이었고, 주변에 사람이 많았으나 나는 혼자였다. 독서실이라는 무대에서 맡게 될 배역을 궁리해보았다. 대본은 딱히 없었다. 내가 구술하는 것이 그날치 대사였다. 온종일 상대역이 없었으므로 대부분의 침묵이 지문地文으로 처리되었다.

송장처럼 앉아 책만 봤다. 꿈적도 하지 않아 먼 데서 보면 죽었는지 살았는지 알아보지 못할 정도로. 24시간 개방되어 있던 독서실은 내가 자물쇠였다. 내가 있는 한 도둑은 들어올 수 없었다. 다 돌아간 밤늦게부터 독서실은 가난투성이인 나밖에 없었다. 나를 훔쳐봤댔자 장물성이란 없었다.

어두침침한 상황이지만 일단 시작하고 나면 어떻게든 일이 풀릴 것이라고 자의적으로 해석했다. 겨울잠 들어가는 곰처럼 쑥 대신 수험서 몇 권을 챙겼다. 독학으로 도전하는 상태라 어떤 정보도 없고, 학원에 다닐 군자금도 없었다. 하는 수 없이 책을 통째로 암기하는 방법을 택했다. 내가 구사할 수 있는 막무가내 전법이었다. 처음 접하는 법학이지만 수십 번 반복해서 필사하며 암기를 시도했다. 거듭 정독하니 학설과 판례가 정리되었다. 고급영어도 문법과 독해에 대한 문장 전부를 통째로 외우다시피 했다. 그것도 거듭 통독하니 눈에 잡히고 귀가 열렸다. 하지만 나를 평가해볼 수 있는 경쟁자가 주변에 없었으므로, 혼자 100m 달리기하면서 기록을 재고 있는 기분이었다. 또 어떤 날은 앞뒤 주자 하나 없이 나 홀로 결승점을 향해 달리는 마라토너 같았다.

　친구들과는 연락을 두절시켰다. 나는 시간이 없었고 시간밖에 없었으므로. 옷걸이를 지키는 예비군복과 츄리닝 한 벌이 백수인 나의 전례복이었다. 달력에는 휴일도 주말도 없었다. 사교 시간도, 오락 시간도 없었다. 꼭 있어야 할 것이라도 없는 것투성이였으나 하나도 불편하지 않았다. 점심을 라면으로 때우는 날이 빈번했다. 나중에는 라면 봉지만 봐도 구토가 나오려고 했다. 독서실의 다른 입실생들은 늦은 시간이면 모두 귀가를 했다. 나는 그들 가운데 집에 돌아가지 않는 유일한 사람이었다. 독서실 바닥에서 자는 사람도 나 혼자였다. 난로 주변에는 학생들의 졸음이 버티고 있었다. 나는 졸음을 싫어해서 되도록 난로에서 멀리 떨어져 지냈다.

　우여곡절 끝에 응시를 앞둔 저녁, 응원한답시고 고시 준비생이 찾아왔다. 지하 다방으로 불러내 커피를 홀짝홀짝 마셨다. 덕분에 뜬눈으로 날을 샜다. 처음 마셔본 커피였는데, 거기에 카페인이 숨어 있고, 그 카페인이 내 몸의 적수라는 걸 몰랐다. 하룻밤 적과 동침을 한 것이다. 결전의 날이 밝았는데 컨디션이 엉망이었다. 겨우 몸을 추스르고 벌게진 눈으로 시험장 앞에 도착했다. 기다리고 있던 독서실 동료가 해장국을 사주었다. 먹는 둥 마는 둥 하고 시험장에 입실했는데 갑자기 대변과 소변이 한꺼번에 보고 싶었다. 아무래도 시험을 망칠 것 같은 불길한 예감이 들었다. 그러나 막상 시험지가 배부되자 화장실에 가고 싶던 증상이 싹 가셨다. 시험지를 풀어 가는데 답이 마구 보였다. 한순간에 답안지를 작성하는데 막힘이 없고 낯익은 문제투성이였다. 정신없이 풀고 나자 종이 울렸다.

고사장 밖으로 나오니 나를 따르던 독서실의 단발머리가 기다리고 있었다. 냉면을 사주었다. 그것도 처음 대하는 메뉴였다. 겨자소스를 너무 섞어 눈물 콧물이 쏟아졌다. 종료 시각까지 바깥에서 대기하고 있다가 냉면 한 그릇 사주고 돌아간 단발머리는 지금까지도 내 마음속 풍경으로 찰랑거리고 있다.

전투적으로 치른 시험이 종전하자 갑자기 할 일이 없어졌다. 몸은 편한데 마음이 불안했다. 무언가를 해야 할 것 같아 형이 공장장으로 일하는 작업장에 가서 망치를 들었다. 하루 일하고 나가떨어졌다. 별도리가 없어 어머니의 주 무대인 고향마을로 방향을 선회했다. 돌아오는 고속버스 안에서 식은땀을 흘리며 죽는 줄 알았다. 동굴로 삼은 독서실에서 그사이 골병든 몸이 티를 냈다. 읍내 터미널에 도착했을 때 아무도 마중을 나오지 않았다. 어차피 짐을 들어줄 사람은 필요 없었다. 내가 나의 유일한 짐이었고, 나 말고는 가진 게 아무것도 없었으므로. 내게 자리를 권하거나 내주는 사람은 없었다. 평일을 달리는 버스 안에는 기사와 백수인 나뿐이었으므로.

세상에 잠시 출품되었던 나는 마침내 집으로 반려되었다. 시험의 결과가 나를 다시 세상으로 소환하기 전까지 집안의 재고품으로 남게 되었다. 나는 골방에 쪼그리고 앉아 서산으로 넘어가는 해를 배웅하며 몇 달을 보냈다.

　필기시험 합격자를 발표하는 날 새벽, 신문이 배달되었다. 내 이름이 거기 있었다. 나는 말없이 오랫동안 신문지 앞에 서 있었다.
　처음 시작할 때 점 하나도 보이지 않던 합격의 봉우리가 바로 코앞에 솟아 있었다. 내 사정을 귓등으로 듣던 운명이 나의 꿈 이야기를 주의 깊게 들어준 것이다. 시험의 결과는 어제 속에 웅크리고 있던 나를 먼 내일까지 성큼 데려다주었다. 막막한 어둠과 결별한 그 새벽을 나는 잊을 수가 없다. 난생처음 삶이 나를 껴안아 준 느낌이었으므로.

친생자 관계 부존재 확인

　모녀를 찬밥처럼 버려두고 당숙모의 남자는 다른 여자에게 줄행랑을 쳤다. 집안에 아들이 없다는 것이 남자가 내세운 표면적 이유였다. 당숙모가 청춘의 기슭에 세우려던 행복은 한순간에 붕괴되었다. 남자가 도둑장가를 들어 가출하는 바람에 당숙모는 생과부의 지위를 평생 유지해야 했다. 재판상 이혼 사유가 명백한데도 뼛속까지 스민 일부종사로 서류상 아내로서의 수절을 감수했다. 주변의 권유에도 호적상 이혼을 거절한 당숙모는 독신이면서 기혼자의 형식으로 살았다. 독거노인이었으나 가장을 둔 신분이어서 제도권의 여러 혜택과도 일정한 거리를 두었다. 딸을 하나 둔 당숙모는 한 부모 가정이었지만 호주의 자리를 무단으로 점유하고 있던 허깨비 가장 때문에 각종 보상책에서도 밀렸다. 그래도 호적을 정리하라는 권유만은 완고하게 거부했다. 남자와 그 여자에 대한 앙갚음 때문이었는지, 남자에 대한 맹목적인 순정 때문이었는지 당숙모의 속내는 알 길이 없었다.

　한 번은 비 오는 날 내가 근무하던 사무실 근처 법원 앞으로 당숙모가 찾아왔다. 법과는 거리를 두고 법 없이도 잘 살아온 당숙모인지라 뜬금없는 방문으로 보였다. 당숙모는 거두절미하고 재판 없이 자동으로 이혼이 되느냐고 물었다. 하지만 이마저도 상담으로 그쳤을 뿐 당숙모는 끝내 이혼을 시도하는 단계까지는 나아가지 못했다.

6·25 전쟁통에 산골로 피신해 살던 시절, 공비를 숨겨주었다는 모함을 받아 죽도록 고문을 당하고도 살아남은 당숙모였다. 색시질 하는 서방에게 도리어 매질을 당하며 버림받고도 버텨온 당숙모였다. 도대체 당숙모에게 행복이란 멸종위기종이었고, 당숙모는 불행해지려고 태어난 별종 같았다. 그런 당숙모에게도 삶을 지탱하는 유일한 무기가 있기는 했다. 내가 아는 한 그것은 미소였다. 어떤 고난이 급습해도 당숙모는 예의 잔잔한 미소를 휘둘러 그것을 제압하곤 했다. 어지간한 슬픔 따위는 당숙모가 벼려온 미소 앞에서 투항했다. 미소를 말살하려는 운명의 거듭된 공격 속에서도 당숙모는 자신의 미소를 보전했다.

배움이 없고 재산도 없는 당숙모는 자신의 고독을 믿고 의지할 만한 신앙마저 없었다. 자신의 삶을 안내할 책 한 권 읽지 않고 그 험한 고개를 넘어왔다. 하지만 신앙이 깊고 배움과 재산도 많고, 책을 몇 수레씩이나 읽고 살아온 어느 현자도 당숙모의 미소 앞에서는 맥을 못 추었다.

내가 알고 싶은 건 당숙모가 유지한 감내의 실체였다. 무엇이 당숙모에게 오랜 세월 참게 하였는지. 나로서는 당숙모의 행동에 이해하기 어려운 부분이 있었다. 당숙모는 딸을 혼자 양육하면서 흘린 눈물과 불면으로 빼앗긴 잠을 돈으로 환산해 돌려달라고 할 권리가 충분히 있었다. 그런데도 당숙모의 자포자기 속에서 그 권리는 깊이 잠들어 있었다.

꽉꽉한 운명이 자신의 앞날을 자꾸만 걸고넘어지는 데도 거칠어지기는커녕 굴종에 가까울 만큼 삶과 타협할 수 있던 비결이 무엇이었는지. 자신의 삶이 주는 고난에 대해 그토록 관대할 수 있던 배경이 무엇이었는지. 당숙모가 늘 소지하고 다니던 미소가 하나의 단서가 되었을 뿐 저 생으로 환국하기까지 나는 알아내지 못했다.

당숙모가 죽고 몇 해 지나 당숙모의 딸 앞으로 난데없이 소장이 날아왔다. 이복형제들이 '원고'였다. 남자에 의해 호적상 혈육처럼 일방적으로 올려놓은 배다른 자식들이 당숙모와 다른 핏줄임을 확인해달라는 '친생자 관계 부존재' 확인 청구였다. 수십 년간 서류상으로 가장해온 '모자 관계'를 부인하는 소송을 걸어온 것이다. 당숙모는 마침내 죽은 다음에야 과부로서의 고독한 지위를 회복하게 되었다.

*

갑골문의 '女'가 무릎 꿇고 앉아 손을 얹고 있는 당신들의 형상인 줄 몰랐다.

아우를 낳아준 날은 아랫목에 뉘어 비단을 입히는데 누이를 낳아준 날은 윗목에 뉘어 포대기로 싸놓는 산실에서 당신들이 흘린 눈물인 줄 몰랐다.

남자는 하늘이라 여자가 달아날 수 없고 남자를 어기면 하늘이 벌을 내리는 세상에서 당신들이 살아온 줄은 몰랐다.

남자의 부모를 잘 모시고 사내아이를 안겨주는 것이 당신들의 길인 줄로 알았다.

누구의 엄마, 누구의 아내. 누구의 며느리로 불리는 관습 속에 당신들의 이름이 묻혀 백골이 된 줄은 몰랐다.

내 유년의 거점

내 삶의 가장 오래된 추억 속에는 가설극장이 자리한다. 극장은 우리 집 코앞에 있었다. 누나는 한때 극장의 매표소에서 일했다. 간혹이지만 나는 누나를 배경으로 무료입장을 할 수 있었다. 영화가 종반부로 넘어갈 무렵, 어차피 그때쯤 입장하는 미련퉁이는 없으므로 입구를 지키는 '키도'라 불리던 문지기가 있어도 묵인하는 게 관행이었다. 그 시간에 들어가면 통로에 선 채로 관람해야 했다. 극장 가까이 살아 은밀히 입수한 스포일러를 통해 결말의 감을 잡을 수 있던 나 같은 경우 말고, 다른 애들은 전반부 줄거리를 모른 채 건성으로 영화의 대단원을 지켜봐야 했다.

극장에서는 대부분 국내 영화들이 상영되었지만 그중 상당한 편수는 아직 어린 나에게 관람 금지 등급이어서 출입이 봉쇄될 때가 많았다. 하지만 누나를 면회한다는 핑계로 편법 출입을 시도하곤 했다. 최악의 작품이든 최상의 작품이든 닥치는 대로 관람하도록 호기심이 나를 부추겼다. 극장에 발을 들여놓으면 나는 가난한 흑백의 세계에서 탈출하게 되고, 총

천연색 낙원으로의 입장을 동경하곤 했다. 그때 이후로 나는 삶에서 영화를 찍고 있는지도, 삶을 통해 영화를 상영하고 있는지도 모른다.

극장 입구는 일대의 깡패라 불리는 패거리들이 진을 치고 있었다. 마적단 출신 중년의 남자가 그 패거리를 장악하고 보스로 행세했다. 모두가 그 상황을 찬성한 건 아니지만 아무도 반대하지 못했다. 그를 보스로 여기는 건 극장 주변의 불문율이었다.

극장을 매개로 주변의 생계가 돌아가던 시절이었으므로. 담배 가게와 떡집, 사진관과 문구점, 이발소와 구멍가게 등이 극장을 중심으로 배치되었다. 어차피 극장을 출입하는 관람객이 그 일대 점포들의 매출을 채워주는 손님이었다. 극장은 지역의 문화와 경제의 중심부였고 파출소의 주요 순찰 구역이었다. 또한, 이목을 끌만한 사건들의 주요 발생지였다.

보스인 그는 태업을 벌였다는 이유로 간혹 영사기 기사를 점방 구석으로 연행하여 린치를 가했다. 소주 컵을 집어 던져 얼굴이 피로 얼룩질 정도로 난장판을 만들었다. 기사가 죽도록 얻어맞는 데도 신고하는 사람 하나 없고 출동하는 공권력도 없었다. 기사 또한 올무에 갇혀 도망칠 궁리를 잊어버린 짐승처럼 유리 파편의 세례를 고스란히 감당했다. 파출소 경관들은 어차피 극장 측에 매수당한 터라 출동한다고 해도 매한가지였을 것이다. 그에게 법이란 맞아도 안 맞아도 그만인 빈총에 불과했다. 거기서는 그가 법이었고 그곳은 그가 다스리는 자치정부였다. 극장 일대의 무기력한 분위기가 그에게 치외법권을 부여한 것이다.

그는 자기 색안경에 들라치면 눈앞에 보이는 여자들이 자기 것이라도 되는 양 문란을 일으켰다. 그의 마수에 걸려든 한 여자가 벗겨진 수치심을 손에 들고 점방 골방에서 울먹이며 도망치던 풍경 한 점이 내 기억의 목록에 편철되어 있다. 그 시절 그의 무소불위를 제지하는 사람을 보지 못했다. 그는 누구의 간섭도 받지 않는 극장가의 군주였다.

그렇게 한 시절 풍미하던 그도 자신의 영토이자 제국이던 극장이 안방을 점령한 TV 사단의 거센 공략으로 끝내 몰락하자 폐주 신세가 되고야 말았다.

수십 년을 훌쩍 뛰어넘어 옛 보스와 재회했을 때, 땅꼬마에 불과하던 나를 그가 아우처럼 정중히 응대해주었다. 시쳇말로 그는 이미 져버린 해였고 나는 막 떠오른 해였다고 할까. 그와 나 사이에 가로놓여 돌진해온 시간이 우리의 용도와 지위를 교체한 것이다. 영향력이라곤 없는 브로커 신세로 읍내를 부유하던 말년의 그는 언제부턴가 우리의 시야에서 잠적했다. 그의 행방이 묘연한데도 누구 한 사람 그의 안위를 캐묻지 않았다. 그는 이미 기억의 저편으로 묻혀버린 골동품이었다. 그 통에 주인을 잃고 창고로 팔려나간 극장은 문을 굳게 다문 채 말이 없었다.

아버지를 남용한 상속인들

영달 씨 어머니는 대지주의 상속녀였다.

오 남매 중 맏이인 영달 씨를 빼고는 그 많은 땅을 지켜오는데 기여도가 별로 없다. 연로한 어머니가 사망할 무렵 허술해진 노친의 총기를 틈타 자식들은 하나둘 어머니의 땅을 빼먹었다. 어떤 자식은 증여라는 명목으로 해 먹고, 또 어떤 놈은 돈 한 푼 안 주고 버젓이 매매라는 명목으로 해 먹었다.

어머니가 세상을 뜨기 무섭게 사달이 났다. 상속을 정리하던 중 어머니 살림이 생전에 요절난 것이 드러났다. 결국 골육간에 분쟁으로 비화하였다.

처음에는 형제들끼리 유류분을 찾기 위한 정도의 사건으로 시작되었다. 양측 간에 변호사가 개입하고 급기야 집안의 전면전으로 번졌다. 구순이 넘은 아버지까지 끌어들였다. 한 자식이 아버지를 공동 원고로 세우자 다른 자식은 아버지를 증인으로 세우며 맞섰다.

아버지가 자식들의 욕망을 위한 수단으로 전락했다.

아들놈이건 딸년이건 자신들의 약점은 지우고 상대방의

허물을 드러내는 도구로 아버지를 써먹고 있다. 아버지의 씨를 받아 태어난 놈들이 아버지의 보호막이 되기는커녕 아버지를 남용하고 있다. 그래도 아버지는 아버지다, 아들 탓도 하지 않고 딸 탓도 하지 않는다. 원고 자식이 원하면 그 용도로 도장을 건네주고, 피고 자식이 원하면 그 용도로 도장을 또다시 건네주었다.

소송은 뒤죽박죽되었다.

누가 보더라도 정상이 아니었다. 원고가 증인을 서고, 증인이 다시 원고 역할을 하는 희한한 소송이 되고 말았다. 어머니가 남긴 것은 재산이었으나 그 유산이 실탄과 흉기가 되어 골육상쟁을 치르고 있다. 형제들 간에 벌이는 전장에서, 형제들이 서로를 향해 겨눈 총상을 전신에 입은 건 아버지였다. 자식들의 욕망에 아버지의 부성애는 따귀를 얻어맞았다.

자식들은 아버지의 존재를 마치 돌과 나무처럼 여기는 게 분명했다. 상속 재산으로 인해 형제 사이의 간격은 멀어질 대로 멀어졌다. 자식들과 아버지 사이의 간격도 함께 벌어졌다. 원고의 변호인단은 사건이 어렵기는 하지만 자기를 믿고 따르면 이길 것이라고 장담하는 눈치였다. 자식들은 재판해 본 경험이 많은 소송꾼처럼 민첩했다. 하지만 평생 농투성이인 아버지는 한 번도 재판 경험이 없으니 굼뜬 태도를 유지했다. 자식들은 번갈아 자기 쪽에 유리하게 아버지를 연출하려고 시도했다. 아버지는 자식들이 불러 주는 대본대로 리허설을 따라 했다. 아버지는 법정에서 열연했으나 재산 앞에서 불을 켠 자식들 눈에 아버지의 연기는 충분하지 못했다.

재판장이 알고 싶은 것은 아버지 가슴 속에 보관된 진실이었다. 그러나 마음이 급한 자식들은 재산이 어떤 비율로 분할될지 판결이 궁금할 뿐이었다. 아버지로서는 재판장이나 상대 변호인이 묻는 게 무슨 뜻인지 알 수 없었다. 그저 예, 라고 하는 게 가장 수월했다. 양측의 유도 신문이 기승을 부릴 만도 했다.

그 와중에 한 자식이 아버지의 의사능력을 문제 삼아 법정후견인으로 자신을 선임해달라고 심판을 청구하는 일까지 벌어졌다. 만일 법원이 신청을 인용하는 경우 원고와 증인으로서 자격이 모두 상실되는 것이었다. 아버지 앞으로 예치 중인 상당한 액면의 채권을 노리고, 아버지가 가진 최소한의 몫마저 박탈시키려는 시도였다. 아버지는 법적인 보호와 부양으로부터 고립될 위기에 처했다. 몸뚱이밖에 없는 아버지는 거의 백지상태가 되었다. 손에 남아 있는 것은 노인당의 친지 몇과 있으나 마나 한 취급을 받는 아버지 자신뿐이었다.

아버지에게 얼마 남지 않은 시간이 그렇게 유린당하였다. 자식들은 한 줌도 안 되는 재산에 온통 자신들을 맡겨버리고, 자식들의 행각은 아버지의 모든 희생을 뒤덮어버렸다.

*

늙은 어버이는 모든 게 꿈만 같다. 모두 한바탕 꿈을 꾸고 있다. 제 몫을 얻으려는 형제는 자매를 잃고, 그것을 포기하는 자매는 형제를 얻을 것이라 하였다. 하지만 재물이 있는 곳에 자식들 마음이 있었다. 어버이가 먹을 것을 청할 때 그들은 신경안정제를 주었다. 어버이가 그리움에 목말라 할 때 무소식을 안겨 주고, 가출하는 어버이를 지켜보던 그들은 수배 전단을 뿌렸다. 입술로는 어버이를 공경하였지만, 그들의 마음은 멀리 떠나 있었다. 천근만근 고독을 어버이 어깨에 옮겨놓고, 그것을 나르는 일에 그들은 손가락 하나 까딱하지 않았다. 잔과 접시의 겉은 깨끗이 하였지만, 그들의 속은 불신과 불만과 불평으로 가득 차 있었다. 마침내 어버이의 병이 깊어지자 요양원으로 이송하면 그만이었다.

닉네임은 '빈손'

당신이 있던 자리에 앉으면
당신이 풍덩 뛰어들었다

그럴 때마다
나는 당신 속으로
깊이 가라앉았다

—「방죽」

죽자 살자 붙어 다니던 죽마고우였다.

한 동리 출신인 그는 나보다 딱 하루 먼저 태어났다. 그의
춘부장은 나를 보면 그를 형님으로 불러야 한다며 하루 차이
의 인연에 각별한 관심을 보였다.

그는 키가 제법 크고 피부가 좋았으며 인정도 많은 상남
자였다. 입대한 내가 외박이나 휴가를 나와 궁색한 그의 생
활에 끼어들어도 싫은 내색 한번 안 하고 숙식을 해결해주

곤 하였다.

어느 해, 일찍 결혼하는 친구의 함을 팔고 의기투합이 되어 난생처음 나이트클럽에 몰려갔다. 한참을 놀다 고함에 돌아보니 그 구역 깡패들과 그가 한판 붙으려던 참이었다. 그대로 두면 큰 불상사가 일어날 것 같아 겨우 뜯어말리고 우리 일행은 서둘러 퇴장해야 했다. 분을 삭이지 못한 그가 패거리들과 끝장을 봐야 한다고 고집을 부리는 통에 뒤풀이는 엉망이 되었다. 그는 그렇게 객기와 도발을 겸비했다.

나처럼 흙수저 출신인 그는 객지를 떠돌며 안 해본 일이 없다. 가스배달과 사채업에 도박장과 호객꾼, 중고차 딜러 등 가방끈이 짧은 탓에 주로 밑바닥을 전전했다. 벽지 출신인 우리가 근접 못 할 뒷골목 세계의 쓴잔을 거푸 마시며 삶을 유랑했다.

어쩌다 여관방에 집결하면, 그가 들려주는 떠돌이의 경험담은 방구석 개구리들에게 세상을 넓혀주었다. 어느 땐가는 쌈박질로 파출소에 연행된 그로부터 한밤중에 전화 호출을 당한 적도 있다. 부지기수의 사건으로 법률상담은 한두 번이 아니었다. 프레스에 잘려 나간 손가락 두 마디가 그의 굴곡진 삶을 대변하고 남았다.

그렇게나 저렇게나 촌놈인 우리들의 기린아였던 그가 몹쓸 암에 기습을 당했다. 근육질과 운동신경에 비추어 응당 장수하리라고 자타가 공언해온 그의 발병 소식은 우리를 당황

케 하였다. 그의 휘하에서 우정을 누리던 죽우들이 그늘진 셋집으로 속속 모여들었다. 그의 안위를 노심초사하는 병졸들과 달리 두목 격인 그는 예의 깡다구를 드러내며 아우 같은 우리를 달랬다. 늠름함으로 위장한 호기에 속은 우리는 서둘러 그를 떠나왔다.

이후로 우리는 드문드문 전화나 문자로 안부를 여쭈며 빠듯한 그의 여생을 방기했다. 연락을 시도할 때마다 좋아졌다는 그의 얼버무림에 속아 넘어간 것이다. 아니 바쁜 일상에 가려 그의 신음을 흘려들은 것이다. 그가 부리는 여유의 이면에 잠복 중인 종양의 예후를 우리의 생활고가 감지하지 못한 것이다.

우리들의 맏형답게 억센 암을 패기로 제압한 줄 반신반의하던 우리 앞으로 부고가 송달되었다. 경향 각지에 흩어져 있던 그의 추종자들은 또다시 충격에 휩싸였다. 생계와 공방을 벌이던 시간을 세우고 달려간 장례식장에 우리들의 보스는 부재중이었다. 그뿐 아니라 그를 운구할 관도 비어 있었다. 우리도 모르게 그는 생전에 시신기증을 예약해두었고, 가족들의 만류도 완강한 그의 집념을 꺾는 데는 실패했다. 대학병원에 의학 실험용으로 유일한 자산인 육신을 조건 없이 양도한 것이다. 예고된 자기 죽음을 누구에게도 사전에 알리지 말고, 장례식도 가족끼리 단출하게 지내라는 염결한 유언을 두고 그는 잠적을 감행했다.

자신의 전부를 바쳐 결행한 '시신 기부'는 세상에 대하여 부담하고 있던 생전의 모든 빚을 갚고도 열두 광주리가 족히 남았다. 갑작스러운 그의 처신을 맞닥뜨린 우리는 별안간 빚쟁이로 전락했다. 상상도 할 수 없는 그의 굵직한 행적 앞에서 우리는 덜컥 왜소해졌다. 안방 깊숙이 지키고 있던 우리의 금고는 초라해졌다. 우리가 명예의 꼬랑지를 더럽히며 틈틈이 불려온 통장은 거북해졌다. 훔쳐 온 권위로 우리가 쌓아 올린 고층 빌딩의 교만이 바닥을 쳤다. 우리의 가방끈은 끊어지고, 우리의 수다스러운 펜 끝은 무디어졌다. 우리의 고상한 담론은 고장 난 구호에 지나지 않았다.

그는 자신의 닉네임처럼 빈손으로 가볍게 비상했고, 주먹 쥔 우리는 무겁게 지상을 맴돌고 있다.

처서 무렵

우리를 찾아오는 비의 세 가지 유형을 생각해보는 저녁이다.

첫 번째는, 인간을 생각하지 않고 찾아오는 비다. 그런 비는, 눈발의 뒤끝이거나 태풍에 편승한 불청객이다. 두 번째는, 인간보다는 오로지 자연만을 생각하는 풍류객이다. 그런 비는, 자연의 견해를 대변하는 비라고 하겠다. 세 번째는, 인간을 생각하고 나서 찾아오는 하례객이다. 인간을 생각했기에 세상이 필요해서 찾아오는 비로서 흔하지 않다.

오늘 찾아오는 비는 첫 번째 유형이라고 할 수 있다. 하지만 세상을 가을의 무대로 바꾸려는 실행의 착수라면, 다시 말해 계절의 무대를 갈아 끼우는 스텝으로서 임무를 수행하는 비라면 두 번째 유형일 수도 있겠다.

부탁

백산면 하청리에 있는 의뢰인의 집을 방문했다. 막내딸에게 자기 집을 증여하는 노인을 만나기 위해서였다. 등기권리증이 없어 소유자 본인을 직접 만나 확인서면을 작성하는 순서였다. 노인은 98세였다. 지치도록 늙어서 앉은뱅이가 다 되었다.

지문을 받는데 닳고 닳아서 문양을 찾을 수 없었다. 이빨이 몽땅 잇몸에서 달아나 발음은 샜지만, 그 통에도 초면인 내게 부탁을 했다. 자기 막내딸을 잘 좀 봐달라고. 당신은 하늘나라에 곧 가는데 자기 딸에게 잘해주는 걸 거기서 내려다보며 감사하게 생각하련다고. 금방이라도 천국으로 건너가려고 티켓을 끊어놓은 손님처럼 말하였다. 다시는 나를 못 볼 것 같아서 지금 부탁한다고 거듭 막내딸의 후일을 당부했다.

옆에서 시중을 들고 있던 며느리와 딸이 눈시울을 붉히며 웃었다.

노인은 죽어가는 것이 아니라 서서히 돌아가고 있다는

느낌을 주었다. 앙상하게 비어 있는 몸속에 사랑을 꽉 채우고 있었다. 귀도 눈도 멀었으나 마음은 가깝게 보였다.

　나는 갑자기 네 살 때 내 곁을 떠난 내 아빠 생각이 났다. 나도 노인에게 부탁했다. 혹시 천국에 가서 우리 아빠를 만나시거든 안부를 꼭 좀 전해달라고.

2부

집은 텅 비었고 주인은 말이 없다

늙어가는 집을 시골에서 찾았다. 오래전 타계한 피상속인 명의로 등재된 집은 망자보다 더 늙었다. 워낙에 폐가라서 허물고 다시 짓는 편이 나을 듯싶다. 살아 있는 사람들은 집을 나간 뒤 소식이 없다. 저승의 노인이 가옥대장에 둥지를 틀고서 이승의 집을 지키는 중이다. 떠난 주인의 남아 있는 상속인을 찾아냈다. 그 형제들에게 번갈아 연락을 시도했다. 다 쓰러져가는 집이라 시세라는 것이 형성될 리 없다. 집값보다 개보수 비용이 몇 곱절 더 들어가게 생겼다. 그렇다고 거저 넘겨달랄 수는 없는 일 아닌가. 당국이 멋대로 매겨놓은 공시가액을 값으로 쳐주겠다고 넌지시 제의했다.

그놈의 가격이라는 것이 매수인으로서는 지급하기 아까운 금액이고, 옛 주인으로서는 선뜻 받아들이기 서운한 금액이렷다. 아무리 그래도 그렇지 유년의 서사가 송두리째 담겨 있는 대하소설 같은 전집인데…. 상속인들의 반응은 무덤덤하다. 집이 털리건 넘어가건 안중에도 없다. 우선은 쳐주는 집값이 뜻밖의 횡재라는 눈치이다. 인수하는 나도 세월의 처마 밑에 웅크리고 있다가 팔려 가는 유기견처럼 집의 모양새가 애처로운데, 정작 주인집 도령은 서운한 기색을 안 보인다.

집은 이제 내일 일어날 일을 알지 못하고, 알려고 하지도 않는다. 어제 속에 자신을 맡긴 채 추억을 옹호하는 데만 온 힘을 다하고 있다. 거쳐 간 식구들의 흔적을 그 몸 안에 지니고 있다. 집을 바라보는 이들은 두 부류로 갈라졌다. 하나는, 재산 가치로 보는 사람이다. 귀신이 뛰쳐나오게 생겼다고 손사래를 친다. 내 어머니와 통장님이 그들이다. 또 하나는, 추억의 깊이로 헤아리는 사람이다. 마을 사람 누구라도 만나게 되면 칸칸마다 품고 있을 사연을 캐묻는다. 나와 뜻을 같이하는 동인이 그들이다. 양쪽 모두 집의 속내와는 무관한 평가이다. 하지만 집은 그 어느 쪽도 포용하리라는 자세이다.

나는 끝도 없이 집을 향해 묻고 또 묻고 싶어진다. 왜 여태껏 쓰러지지 않고 나를 기다려 왔는지. 집이 나를 통해 어떤 꿈을 이루려는지. 월척을 낚아 횡재한 나는 집의 몰골에서 측은지심을 읽는다. 화려한 칼라로 길든 나에게 흑백의 담백한 세계를 제공한다. 어떻게 늙어가야 하고, 어떻게 침묵해야 하며, 어떻게 낮아져야 하는지 집은 몸소 보여주고 있다.

온갖 상처를 입고 쓰러져 있는 짐승처럼 집은 생명력이라곤 찾아볼 수 없다. 한때 사람을 안고 키웠던 희미한 흔적만이 남아 있다. 문패가 그 흔적을 대변하고 있다. 내부의 모든 장기가 기능을 멈추고 마지막 숨결처럼 바람이 약하게 드나든다. 바람마저 한 점 없다면 집은 사망신고가 내려질 것이다. 근력을 거의 상실한 집에서 턱수염처럼 자란 잡초가 반갑기까지 하다. 스피커를 점검하듯이 대문 안쪽에 대고 말했다.

　ー아무도 없어요?

　ー저기요. 아무도 없느냐고요!

아무도 없다는 걸 증명하듯 아무 대답을 내놓지 않는다.

나이 먹은 계절

가을에게는 지팡이가 필요합니다. 우리가 듣는 귀뚜라미 울음은 실상은 지팡이를 짚고 오는 가을의 발걸음 소리랍니다. 아픈 우리의 마음을 위한 왕진 때문이라네요. 가을이 서둘러 오는 까닭은.

이 모든 걸 누가 가르쳐주었냐고요? 어머닙니다. 문자를 받았다는군요. 그 나이가 되면 무릎으로 접수하게 된다고 합니다.

문이 언니

넘어져 피멍 든 하루가

수평선 너머로 후송되고 있다

—「일몰」

　문이 씨는 늘 웃었다. 그녀를 만나는 동안 얼굴에서 구김살을 본 적이 없다.

　그녀는 다운증후군을 앓는 바람에 다른 형제들과 달리 배움의 기회를 얻지 못하고 자랐다. 제대로 된 예식도 치르지 못한 채 남편과 동거를 시작하였다. 그녀의 남편도 많이 배운 것 없고, 가진 것도 없는 처지였다. 그들은 서로 배운 것 없고, 가진 것도 없는 사람끼리 하늘이 놓아준 인연의 다리에서 짝으로 만난 것이다.

　변두리에 살지만 성실함으로 뭉친 부부는 빨간 벽돌집에 감나무도 심어놓고 비둘기처럼 다정하게 살았다. 아들을 낳아 잘 키우더니 나라의 자원으로 대여하고서 만나면 군인 아들 자랑을 늘어놓곤 했다.

　　그녀는 만나면 무엇이든 주지 못해 안달이다. 어쩌다 지나는 길에 그녀의 집을 들를라치면 멀리서 얼굴만 보여도 친정 동기간처럼, 예의 해맑은 표정으로 환하게 웃었다. 미리 익혀둔 감이랑 먹을거리를 싸주었다. 자기 것을 챙겨주면서도 연신 좋아죽겠다는 표정이다. 작별 인사를 하고 떠나올 때 드러내는 그녀의 그늘에선 사람에 대한 그리움이 읽히곤 했다.

　　그녀는 대체 무엇이 그리도 웃을 일이 많아 표정이 밝을까? 그녀 안에는 속셈이 없어 사람과 관계에서 복잡한 셈법을 가동하지 않는다. 그녀의 눈에는 다 좋은 사람들이다. 세상은 그저 살아볼 만한 곳이다.

　　"그러므로 누구든지 이 어린아이처럼 자신을 낮추는 이가 하늘나라에서 가장 큰 사람이다."

　　그렇다. 그녀는 어린아이처럼 자신을 낮춘 자다.

　　그런 그녀가 중년을 넘기며 덜컥 우울증과 우연히 만났다. 끝내 우울증에서 자신을 탈출시키지 못한 그녀가 방죽에서 홀로 자전거의 배웅을 받으며 타계他界로 갈아탔다. 그녀의 일거수일투족을 목격한 자전거지만 그녀의 소재를 함구했다. 장례식은 그녀의 내면에 드리우고 있던 그늘처럼 어둡게 치러졌다.

　　몇 년 후 그녀의 남편도 기어코 그녀의 뒤를 밟아 따라갔다. 혼자 남은 아들은 아무도 모르는 어디로 돌연 사라졌다. 자전거의 행방은 누구도 모른다.

　그녀는 천사의 전형을 보여주려고 우리 곁에 잠시 체류한 것인데, 세상일에 눈이 먼 우리는 그것을 까맣게 몰랐다. 지상에 잠시 이식되었던 그녀는 천상의 나무였다. 그녀가 남긴 그림자는 그녀가 발행한 부록이다. 우리는 그 별책 부록의 애독자였다. 하지만 동난 그녀의 미소를 더는 읽을 수 없다.

　그녀가 작은 것만 보는 사람이었다면, 우리는 큰 것만 쫓는 사람이다. 우리가 밤을 좋아하는 사람이라면 그녀는 아침을 좋아하는 사람이었다. 그녀가 나비를 쫓는 사람이었다면, 우리는 돈에 쫓기는 사람이다. 우리가 얼굴을 먼저 보는 사람이라면, 그녀는 마음을 먼저 보는 사람이었다. 그녀가 사과나무의 향기를 찾는 사람이었다면, 우리는 나무의 열매만 찾는 사람이다. 우리가 고속도로를 활보하는 사람이라면, 그녀는 골목을 지키는 사람이었다. 그녀가 꽃밭을 돌보는 한가한 사람이었다면, 우리는 왕국을 건설하기에 바쁜 사람이다. 우리가 고딕체를 힘주어 쓰는 사람이라면, 그녀는 흘림체를 힘 빼고 쓰는 사람이었다. 그녀가 말이 없는 조용한 꿀벌이었다면, 우리는 시끄러운 앵무새다.

나쁜 골목

낮과 밤의 경계가 사라진 골목이었다.

저녁이나 한 끼 먹자더니 식사가 끝나자 술 한잔하자고 제안했다. 대뜸 목적지로 그 골목을 지목했다. '거기는 아무나 가는 데가 아닌데….' L 검사의 속내를 모르는 나는 망설였다. 그의 암행 시찰을 호기심으로 오독했기 때문이다. 골목 입구에 당도했을 때 비로소 의도를 알아차렸다. 음주 가무는 한낱 명분에 불과하다는 걸.

유리로 된 벽 안에서 반라 차림의 젊은 부녀자들이 취객을 상대로 호객을 일삼는 골목이었다. 그런 업소가 입구부터 끝까지 골목을 점령하고 있었다. 주점을 가장한 집창촌이었다. 골목 입구에 하필 종교시설이 있었다. 그것도 100년이 넘은 향토 유적지였다. 성직자가 기도를 바치는 성스러운 곳이 입구에 배치되고, 접대부들이 성적으로 신음하는 곳이 안쪽에 배치된 구도였다. 입구의 시설에선 천국으로 가는 통로를 찾고 있고, 안쪽으로 가면 지옥의 입구가 시작되었다. 한두 집을 경계로 성과 속이 공존하는 골목이었다. 관공서에선 시설의 입장을 고려해선지 '24시 골목'으로 호명했다.

　골목에 터 잡은 원주민들은 골목 밖과는 달라도 너무 달랐다. 성매매를 업으로 삼는 자들이 하나둘 장악하며 골목의 밤은 본래의 기능을 상실했다. 골목 입구의 가로등은 취객들에게 반딧불이었다. 골목 바깥을 헤매던 그들은 반딧불이를 발견한 아이들처럼 희희낙락하며 가로등 불빛을 따라 골목 안을 더듬고 다녔다. 자기들 마음에 드는 구멍을 찾아가려는 수작이었다.

　우리는 이왕 발을 들여놓은 김에 골목의 편람대로 코스를 밟아 나가기로 작정했다. 맥주 한 박스를 통째로 들여오고, 반라의 작업복으로 무장한 접대부들이 일행 수만큼 첨부되었다. 그녀들의 미니스커트는 골목의 원주민을 가리키는 전통 복장처럼 골목의 밤과 잘도 어울렸다. 잠시 우리를 훑어보았다. 얼마나 매상을 채워줄 수 있는 잡것들인지, 야릇한 눈빛으로 수색했다. 이에 질세라 우리는 가차 없이 주문했다. 그 집에서 매일 밤 노는 방식대로 진탕 놀아달라고. 그들과 한 패거리임을 위장하기 위한 표시로 우리는 지저분한 이야기를 마구 지껄였다.

　몇 순배가 돌아가자 피차간에 질문 공세가 이어졌다. 영업을 위한 '심문'과 호기심을 가장한 '신문'이 번갈아 이어졌다. 우리를 단순한 손님으로 인지한, 선수라 불리는 접대부들은 신이 나서 불었다. 장차 사건 관계인으로 만나게 될 그녀들은 빼도 박도 못할 자백을 토해냈다. 우리는 선수들이 원하는 대로 손님으로서 의무와 권리를 구사하며 팁을 뿌렸다. 대물을 만난 선수들은 팁을 챙기기에 급급했고, 주인은 매상을 올릴 기회로 삼았다. 함정이 되어 준 문제의 그 업소에서 그날 밤 우리는 동정을 살피는데 필요한 만큼, 우리의 낌새를 들키지 않을 만큼 취했다. 술로 은폐된 웃음 속에서 그녀들의 그늘이 언뜻언뜻 보인 밤이었다.

골목을 다녀온 후, 공교롭게도 업주와 선수들의 관계를 적나라하게 들춰볼 수 있는 사건을 만났다. 선수와 업주의 관계에 관해 탐사한 결과는 심각했다. 고리대금으로 출발한 선불금은 업주와 그녀들을 이어주는 고리였다. 선불금이 그녀들의 청춘을 엉망으로 만들어버렸다. 그녀들은 미래의 시간을 선불로 받아 탕진하고 있었다. 얼굴은 반반하게들 생겼으나 유니폼 안에 감춰진 자존감은 엉망진창이었다. 골목에 구금된 그녀들은 사람이 아니었다. 업주와 거래로 하룻밤 납품되는 상품이었다.

처음 골목에 팔려올 땐 악다구니를 쳐도 일단 골목에 발을 들여놓으면 골목의 틀에 맞추어지고, 몇 달쯤 지나면 삐뚤어진 골목의 관행에 익숙해졌다. 한번 선불금에 엮이면 열 번이고 스무 번이고 그 빚에 떠밀려 매매를 되풀이 당해야 했다. 골목 밖으로는 단독으로 나가는 것도 금지되었다. 선불금의 노예였으므로 업주의 시야를 벗어나면 안 되는 거였다. 골목으로 돌아오지 않으려면 선불금이라는 다리를 불살라야 했다. 온 가을이 단풍잎으로 뒤덮여도 그녀들은 빚만 쌓여갔다.

업주와 선불 약정을 체결한 선수들은 화살을 맞아 상처 입은 짐승 같은 존재였고, 업주는 곧 사냥꾼이었다. 선불금이라는 화살이 몇 촉씩 박혀 있는 선수들은 사냥꾼인 업주가 원하는 대로 자신들의 몸과 영혼을 통째 내주고 마지막엔 쓰러지고 마는 수밖에 없는 처지였다. 업주들은 선수들이 몸을 팔아 버는 화대의 일부를 십일조처럼 떼어갔다. 그녀들이 가진 거라곤 작업복 몇 벌과 선불금 각서나 심신에 자리 잡은 지병이 전부였다. 누구나 가지는 신분증도 업주들에게 선불금으로 저당 잡혀 있었다.

우리는 철옹성인 골목을 허물어 선수로 멍들어가는 그녀들의 삶에 개입하기로 했다. 우리가 돌멩이가 되어 유리 벽을 깨뜨리고 골목 밖으로 그녀들을 내보내기로 했다.

얼마간의 준비 끝에 야심에 찬 기획 아래 주무 관청과 합동으로 대대적인 단속을 벌였다. 하지만 결과는 참담했다. 단속에 실패한 것이다. 한참 영업할 시간대인데 가게마다 불이 꺼져 있었다. 단속 정보가 흘러나간 것이다. 단속에 합류한 관청의 관계자가 정보 누설의 진원지였다. 바깥의 기관원들과 골목 업주들 사이엔 모든 정보가 공유되고 있었는데 우리만 몰랐다. 업소보다 그 배후에 눈길을 돌려야 함을 알려준 유의미한 실패였다.

업주들과 기관원의 관계에 대해 탐문한 결과 수십 군데 업소를 뒤에서 봐주는 그들끼리 서로 구역을 나누어서 해 먹고 있었다. 그들이 서로 어떤 관계였냐면 악어와 악어새였다. 서로가 가진 신분을 서로의 부를 축적하는 도구로 사용했다. 거구의 체구를 지닌 골목이 우리를 자극하며 사건 속으로 끌어당겼다. 우리는 온몸을 던져 골목의 세계를 끝까지 뒤져보기로 작정했다. 하지만 골목 사람들은 단속반 따위를 우습게 봤다. 그동안 뿌린 돈의 힘을 굳게 믿고 있었다.

골목의 몰락을 예고하는 어떤 전조를 느낀 우리는 묵묵히 단속을 벌여나갔다. 밤늦게 또는 새벽에, 끈질기게 한 집 한 집, 우리만의 병법으로, 갖은 회유에도 흔들리지 않고 밀어붙였다. 그러자 간판을 내리는 척하고 업주들이 관계기관을 통해 협상을 걸어왔다. 앞으로 자중할 테니 더 이상의 단속만은 중단해달라고 사정했다. 이에 아랑곳하지 않고 단속의 속도를 유지했다. 오히려 역으로 그들에게 사업장을 폐쇄하되 업종을 전환하라고 대안을 제시했다. 그때 시市 관계자가 슬그머니 안부 인사차 찾아왔다. 지역경제 운운하며 은근히 단속 중단의 필요성을 역설했다.

우리는 거부하는 표지로써 관계기관과도 일정한 거리를 두고 지냈다. 대신 법원에서 공인받은 압수영장과 체포영장으로 나머지 업소들의 간판과 그 간판을 두둔하려는 무리를 차례로 쓰러뜨렸다. 그들은 한 모금씩 단속의 쓴잔을 마시며 수십 년 잠에서 깨어나기 시작했다. 골목만의 속도로 질주해온 그들은 천천히 자신들의 허망한 실체를 돌아보며 하차하는 곳이 생겨났다.

6개월여 단속의 장정 끝에 골목의 불이 꺼졌다.

밤과 낮의 경계를 넘나들며 각축을 벌인 결과 일망타진된 것이다. 골목 입구를 지켜온 시계탑의 바늘이 0자 옆에 고꾸라졌다. 마침내 골목의 어두운 시간이 멈추고 고함과 신음이 골목에서 사라졌다. 골목이 밤의 기능을 회복한 것이다. 돌이켜보면 서로 간에 길고 낯선 경험이었다. 그들에게는 우리가 악몽이었고, 우리에게는 그들이 계몽이었다. 그들에게 우리는 웃음을 빼앗는 자들이고, 취객은 그들에게 웃음을 찾아주는 자들이었다. 반면 그들과 취객에게 우리는 웃음을 가로챈 괴물이었다.

개명 후기

팽팽한 달빛이 창문에 명중되거든
당신에게 보내는
특사인 줄 아시오

팽팽한 빗줄기 처마 아래 당도하거든
당신에게 발송한
친서인 줄 아시오

―「화살」

아빠는 태평양 출신 토종이고 엄마는 인도양 출신 외래
종이다. 돌고래 아빠와 파도 엄마 사이에 태어난 '향아'는 작
고 예쁜 물고기 아이다. 피라미 아우 하나 없는 무남독녀.
　향아는 삼 년 전 가족관계증명서에서 이름으로 만났다.
　서류에 동봉되어 찾아왔을 때 아이는 병마와 투병 중이
었다. 사나운 버킷림프종이 어린 향아에게 들이닥친 것이다.

병세에 별다른 차도가 없자 아빠가 응급 처방으로 나를 찾아왔다. 아빠는 향아의 회복을 위해서라면 뭣이든 하겠다고 했다. 다리를 잘라주어도 좋고 온몸을 통째 바쳐도 좋다는 태도였다. 아빠의 미래는 오직 향아만을 위한 것이어야 했다. 바다에 나가 만선을 만 번쯤 이룬다고 해도 향아가 없다면 헛일이었다. 아빠의 바람을 하늘이 듣는 둥 마는 둥 했기에 아빠는 하늘의 출장소라는 교회의 출입도 끊었다. 아빠는 향아 외에 어떤 성취에서도 의미를 찾을 수 없었다.

개명을 신청해달라는 민원인으로 우리는 서류상의 첫 대면을 했다. 이름이 음양 조화와 오행이 맞지 않는다는 속설에 따라 이름 중 한 글자를 고쳐달라는 의뢰였다. 법원의 배려로 개명 절차는 빠르게 인용되었다.

그로부터 삼 년이 지났다.

낯익은 하루를 소화하고 있던 어느 날, 지루한 오후가 막 시작되려던 참이었다. 다리 한쪽을 저는 낯선 중년의 남자가 상자를 짊어지고 방문했다. 옛날에 신세를 졌는데 갚고 싶다는 것이다. 직접 잡아온 꽃게라며 내려놓았다. 그는 피곤해 보였고 생각에 잠긴 얼굴이었다. 의아한 표정으로 그를 맞이했다. 몇 년 전 아이의 개명 신청을 대행해준 적 있는데 그때 약간의 금일봉을 받았다는 부연 설명을 했다.

내담자나 사건관계인과 주고받은 상담록은 한 주일 지나면 1할은 지워지고, 한철 지나면 절반은 기억에서 흐려진다.

거기다 한 해 지나면 기억의 파일에서 삭제되는 게 일과성 업무이다. 쉴 새 없이 사건이 머물다 가는 법무사 사무소는 사건과 의뢰인들에게는 플랫폼이다. 한 번 수임하면 반년 내지 일 년 이상 의뢰인과 동행하는 변호사 사무소와는 다르다.

먼지 속에서 휴면 중인 파일을 뒤졌다. 다행히 삼 년 전 기록이 그대로 남아, 향아에 대한 기억을 어렵지 않게 소환할 수 있었다. 수많은 개명 사건 기록 중에서 향아가 뒤섞여 있었다. 꺼낸 서류 속에서 개명의 신청원인과 메모장을 확인하고서 자초지종을 확인할 수 있었다. 그러고 보니 나는 오랫동안 향아의 일을 잊고 지냈다. 그제야 아이의 안부가 궁금해졌다. 그동안 향아는 내게서 떠나 있었구나. 함께 아파하던 그 향아를 놓치고 지냈구나.

"향아는 잘 지내고 있는가요?"

잠시 말을 잇지 못하던 그가 무겁게 대답을 내려놓았다.

"머언 길 떠나버렸어라오."

"이름을 고치고 나서 얼마나 더 있다가 하늘로 떠나버렸다니께요."

개명으로 향아의 병세가 달라진 것은 아무것도 없었다.

개명을 통해 향아를 거친 운명으로부터 도피시키려던 아빠의 야심 찬 포부는 물거품 되었다. 그의 이마에 드리운 그늘의 농도가 짙어 보였다. 삼 년이면 떠난 아이의 기억을 분산시키기에는 빠듯한 시간이었다. 더 이상의 이야기는 하나

마나 했다. 개명을 서둘러 처리해준 내가 난처한 기분이 들었다. 나는 아무 대꾸도 하지 못했다. 그때 그가 속으로 울고 있다는 것을 직감했다.

지푸라기를 붙잡고 표류하던 가족의 읍소로 수심 깊은 용궁 법원은 밀물 때에 맞추어 개명을 윤허했던 것인데…. 새우잠 설치는 부부의 병구완을 뿌리친 채 자신을 붙잡고 늘어지는 운명을 묵묵히 따른 향아. 개명改名은 해주었으나 결국 개명改命을 감수한 향아. 가족들 만류에도 액자 속에 뛰어든 개구쟁이 향아.

"아빠 엄마가 번갈아 목말을 태워줄게."

개명한 이름으로 호명을 해도 묵묵부답하더라는 향아.

향아가 떠나면서 아빠의 모든 희망은 닻을 내리고 꿈도 떠나버렸다. 향아가 떠난 이후 아빠는 자신의 삶 앞에서 침묵으로 일관할 뿐이다. 아빠의 장점은 향아를 사랑하는 것이었고, 아빠의 단점은 향아밖에 사랑하지 않는 것이었으므로.

다리 부러진 꽃게가 상자 밖으로 얼굴을 내민다. 절룩이며 돌아서는 아빠를 배웅하려는 듯….

시집의 기원

시를 알게 된 것은 행운이었고, 시인이 된 것은 불운이었다. 내가 아는 시인들은 모두가 고독이라는 이상한 지병을 앓고 있는 병자들이다. 그들은 수백만 개의 반란 바이러스와 의심과 불만의 질병을 몸에 지닌 채 거짓말을 훔치려 진실을 뒤지고 다닌다. 그들은 다들 몸속 깊은 곳에 커다란 슬픔을 감추고 있다. 슬픔보다 더 깊은 강 하나씩을 가슴 속에 지니고 있다. 굽이치는 내면의 강에서 범람하는 슬픔을 대신 저장해둘 적절한 집을 찾고 있다.

누군가는 그 공간을 시집이라고 했다.

〈달빛소리수목원〉에서

의자는 무엇인가로 차 있는 때보다 비어 있는 시간이 많다. 그 비어 있는 시간이 의자로서는 견딜 수 없는 일인지 모른다. 하지만 비어 있을 때 의자는 자기 모습을 찾는다. 의자가 모자를 쓰면 용의자가 된다. 모자를 벗어야 의자는 비로소 자기 이름으로 돌아간다.

눈먼 돈

흘린 땀보다
더 누리는 호사는
장물이다

―「절취」

처음 그녀는 기피 인물이었다. 아침저녁 출퇴근 시간은 물론 점심때까지 출입구에서 진을 치고 있었다. 틀에 박힌 일정에 끼어들어 귀찮게 구는 사건관계인은 리스트에 올려놓기 마련이다. 그녀는 그렇게 불편한 이름으로 인연을 맺었다.

그 무렵 나는 특별수사팀에 배속되어 눈코 뜰 새 없이 사건 속에 파묻혀 지냈다. 야근은 기본이고 밤 10시는 빠른 퇴근이며 새벽까지 일하는 것이 다반사였다. 당장 처리 중인 사건에 쫓겨 신규로 배당된 사건은 들여다볼 엄두를 내지 못했다.

그녀는 자기 사건을 내가 배당받은 줄 미리 알아내고 특별히 상의하고자 찾아온 거였다. 나는 그녀에게 기록을 검토 후 나중에 통지하면 그때 오라고 하고는 더는 면담을 거절했다. 여느 사건관계인이라면 그 정도 선에서 양해를 구하면 물러나는 편이다. 그런데 그녀는 자기 사건이 급하다고 군소리 하면서 기록 검토를 먼저 해달라고 재촉을 해대는 거였다. 나는 다른 특별수사 일정에 쫓기고 있는 판이었으므로 입씨름할 틈이 없어 그녀를 백안시하는 방법을 택했다. 그녀는 목이 터지게 나를 부르고 싶은 표정으로 내 눈길을 쫓아다녔다. 그러거나 말거나 응답을 기대하지 말라는 표정으로 그녀를 외면했다. 그런데도 그녀는 거의 매일 문 앞에 서성이며 내 눈길과 마주치려고 시도했다. 일주일 넘도록 매일 찾아오는 그녀의 채근이 성가시기도 하려니와 그사이 그녀의 사건에 대한 궁금증이 싹트고 말았다. 어차피 우리를 귀찮게 하는 그녀를 말릴 수 있는 유일한 길은 그녀의 사건 속 악당과 싸워 그녀 대신 복수를 해주는 것뿐이었다.

도대체 무슨 피치 못할 사정이 숨어 있기에 저토록 조바심을 내는가. 아주 잠깐 짬을 내 기록을 속독해봤다. 그녀는 국가유공자 가족이었다. 남편은 상이용사로 실명한 상태였다. 남편의 연금을 모아두었는데 마땅한 고정수입이 없자 그 종잣돈으로 이자라도 불려보려고 사채로 대여를 한 것이 화근이었다. 그놈의 이자에 대한 기대가 원금을 망쳐놓은 꼴이었다. 그런데도 가해자는 사업자금 명목으로 빌려 간 고액을 떼어먹고는 갚지 않는 거였다. 가해자에게는 먹어도 되는 눈먼 돈이었지만, 그녀에게 그 돈은 눈먼 남편의 피와 살이었다. 그런데 기록상으로 뭔가 석연치 않아 보이는 게 포착되었다. 세 번이나 고소하였다는데 세 번 다 불기소(무혐의)처분을 당한 거였다.

그녀 처지에서 가해자에게 볼모로 잡혀 있는 자기 돈과 그를 갈라놓을 사람은 우리밖에 없었다. 그녀의 돈과 그녀가 재회하도록 해줄 수 있는 사다리도 형사 절차밖에 없었다. 법은 그동안 맹목적으로 가해자의 변명에 기울어 그자의 손만을 들어주었다. 반면 그녀는 법으로부터 철저히 외면을 당한 거였다. 이번에도 그자가 법 앞에서 자신을 갖고 놀 거라고 우려하기에 그토록 조급함을 보인 거였다. 그녀는 법을 믿고 살아왔으나 그자는 그녀가 믿고 따르는 법을 조롱했다. 그렇다면 그녀에게는 그 믿음이 옳다는 걸 확인해주고, 그자에게는 조롱에 대한 대가를 치르게 해주는 것이 우리 역할이었다.

가해자가 거주지를 옮기는 대로 수사 관서가 바뀌면서 차례로 불기소처분이 된 것이다. 세 건의 고소 중 첫 번째 사건을 원본 삼아 나머지 두 건은 복사해놓은 것처럼 불기소 사유가 거의 같았다. 첫 번째 사건의 결정을 나머지 사건들이 베낀 거였다. 그 사이 시효가 흘러가며 만기가 임박한 상태에 놓여 있었다. 그러던 차에 그자가 귀향하자 사건도 함께 내가 근무하는 관할청으로 이송된 거였다. 알고 보니 세 번이나 무혐의를 당한 그녀에게는 우리가 마지막 희망이었던 셈이다. 무혐의라는 특혜에 가까운 처분을 세 번이나 받은 가해자는 그동안 법에 대해 무서운 것이 없었다. 그자는 돈을 동경하는 위인이었으므로 동시에 법을 경시하는 게 몸에 뱄다. 그자를 실력 있는 사기꾼으로 만들어준 것은 그놈의 돈이었고 일선 수사 관서의 너그러운 처분이었다.

가해자는 돈을 갚지 않으려고 자신의 재산을 빼돌린 채 여기저기 은닉해놓고 버젓이 사업가 행세를 하고 있었다. 그녀가 백방으로 수소문하여 그자의 재산을 찾아냈으나 친인척 명의로 돌려놓고 실제로는 자기가 사업체를 운영하는 식이었다. 이를 지켜본 그녀의 눈이 뒤집혀 마지막으로 고소한 건이 하필 우리에게 배당된 것이다. 그녀의 억울함을 기록 속에서 발견한 우리는 다른 사건으로 향하고 있던 칼끝을 그자에게 돌렸다.

그녀에 대한 조사를 마치기 무섭게 가해자의 동네를 찾아 그자의 아지트를 급습했다. 도둑이 서랍을 뒤지듯 구석구석 그자와 관계된 자료를 수색했다. 그자가 사무실로 쓰고 있는 그곳에서 친인척 명의로 재산을 빼돌리는 데 사용한 흔적들이 다수 발견되었다. 먼저 공모자인 친인척을 상대로 강제 수사에 착수하면서 그에게 최후통첩했다. 제 발로 들어오든가, 아니면 친인척까지 모조리 공범으로 처벌을 감수하든가 양자택일을 하도록 기회를 주었다. 그들이 붙잡혀온 후 첫 번째 반응은 거짓말이었다. 수사관인 나는 거짓말을 듣는 것이 피곤한 일인데, 그들은 진실을 말하는 게 피곤한 듯이 보였다. 자신들의 거짓말이 자기네 집안을 송두리째 위협하고 있는 걸 모르는 것 같았다. 증거에 쫓겨 막다른 골목에 다다른 친인척을 외면할 수 없던 가해자가 제 발로 들어왔다. 조사를 받는 친인척의 얼굴을 보자 그자의 표정이 어두워졌다. 친인척은 자기가 시켜서 한 것이니 풀어주고 자기가 전적으로 책임을 지겠다고 실토했다. 결국 친인척은 입건유예로 귀가시키고 가해자만 구속기소를 하는 선에서 사건이 마무리되었다. 그자는 남의 돈을 자기 것으로 만들기 위해 범인凡人에서 범인犯人이 되었고, 안방에서 유치장으로, 다시 법원을 거쳐 감방으로 자신의 거처를 순차 옮겨간 것이다.

보름쯤 지났을까. 사무실 앞에서 철수했던 그녀가 웬일인지 다시 출현했다. 가해자에게서 피해액을 절반 넘게 현금으로 받고 합의서를 써주었다고 사례 인사차 온 거였다. 수년 동안 가출했던 돈을 일부라도 다시 찾고 보니 너무 흥분되어 잠이 오지 않고 잠이 들라치면 돌아가신 친정아버지와 나까지 꿈에 보인다고 호들갑을 떨었다. 그녀는 하늘에서 친정아버지가 파견한 천사라고 나를 치켜세웠다. 그렇지만 혼비백산한 가해자 일가에게는 내가 악마 같은 존재였을 것이다.

그로부터 몇 년이 흐른 어느 가을, 낯선 골목을 지나는데 허름한 행색의 남자가 아는 체를 하는 거였다. 출소한 가해자였다. 계면쩍어 인사를 받는 둥 마는 둥 하고 지나치려는 나를 향해 그가 진지하게 인사를 건넸다. 그 사건을 통해 자신의 인생을 돌아보게 되었고, 자신의 판결문에서 샛길로 빠진 자신의 과거를 비로소 읽을 수 있었노라고. 눈먼 돈을 좇느라 잃어버렸던 자신의 길도 함께 찾게 되었다는 것이다.

누군가 나를 두리번거린다

　시의 유혹을 견디지 못한 한 수사관이 자리를 접고 뛰쳐
나왔다. 야인으로 나서며 시詩도 함께 출발했다. 사건 속에
서 십수 년 주경하고, 다시 십수 년 법무사로 야독하고 있다.
　작품을 굳이 주제별로 분류할 수 있겠다. 하지만 특별한
목적과 범위를 두고 의도적으로 써온 것은 아니다. '해석하는
순간부터 그 해석 속에 자신을 밀어 넣거나 그 해석에 사로잡
힐 우려가 있다.' 시집에 대한 해설은 독자의 몫으로 남겨두
는 게 좋겠다.

　'불온한 시대에 태어난 것은 시인에게 행운이다.' '평온한
시대에 태어난 것은 시인에게는 불행이다.' '지금이 불온한 시
대라면 이 시대 시인은 너무 태평하다.' 지금이 평온한 시대라
면 이 시대 시인은 너무 불온하다. 지금 우리는 불온한 시대를
태평하게 살고 있는가, 평온한 시대를 불온하게 살고 있는가.
　'모든 재산을 팔아서 시인에게 딸을 시집보내는 것은 좋
은 일이다.' '시인의 딸을 며느리로 얻기 위해서 모든 재산을

팔아도 좋은 일이다.' 우리에게 이런 시인과 이런 부자가 있는 가. 모든 명예를 팔아서라도 딸을 부자에게 시집보내려는 사 람이 많다. 부자의 딸을 며느리로 얻기 위해 모든 명예를 팔 려는 사람도 많다. 왜 우리에게 저런 시인은 없고, 이런 부자 는 많은가.

시인은 깊은 산속 연못처럼, 영원히 마르지 않는 존재로 남아 있어야 하지 않을까. 사회가 각박하고 세상이 말라갈수 록. 더 빨리, 더 높이, 더 넓이만 지향하는 물신주의 팽배한 자 본주의에서 가장 느리고, 가장 낮고, 가장 깊은 자리를 시인 이 지켜야 하지 않을까.

차주일 시인의 추천사를 인용한다.

"조재형의 시는 '보여주는 감춤'이다. 큰 산이 계절을 주 관하는 것도 옹달샘을 감춰놓았기 때문이다. 옹달샘이 감춰 둔 풍경을 흘려보내기 때문에 원류와 지류가 생겨난다. 옹달 샘의 수면은 인가보다 높고 둥지보다도 높고 정화수보다도 높다. 해발로 계측하지 못하는 발원 앞에 서면, 저절로 눈이 감겨 시말과 겉과 속을 동시에 볼 수 있는 눈을 한 번쯤 뜨게 된다. 그때 우리는 사랑에 대해 할 말이 필요해진다. 옹달샘 에서 목소리를 빌리는 날개 접은 날짐승처럼 합장으로만 빌 릴 수 있는 말이 있다. 조재형의 시가 그렇다. 이 책은 "사랑을 감춰놓았기 때문에 사람이 존재한다."는 조재형의 주제적 관 점에 대한 아름다운 증거물이다."

시 없이 견뎌보는 일상 속에서 나는 여전히 시를 찾고 있다. 이것은 지병이다. 가난하게 살다 착하게 떠난 친구들에게 내 시집을 바친다.

할매의 비자금

샘골 할매의 나이는 아흔이다. 슬하에 자식을 많이 두었다. 하지만 새끼들은 찾아오지 않는다. 전화 연락도 거의 없다시피 하다. 하루걸러 한 차례씩 요양보호사가 방문한다. 두 시간짜리 방문이 외부와 공적인 소통의 전부이다. 심심해 죽겠다는 그녀는 요양보호사가 돌아가면 남은 시간 대부분을 휴대전화를 돌리는데 할애한다. 최근 통화한 목록부터 오래된 목록에 이르기까지 번갈아 돌린다. 하지만 그녀의 전화를 순순히 받아주는 사람은 없다. 그들은 몇 번의 경험을 통해 딱히 용건은 없고 무료함을 달래려는 전화인 줄 알고 있기 때문이다. 모든 수신자의 반응은 한결같다. '고객의 사정으로 통화할 수 없습니다.' 스팸 번호로 등록해놓은 것이다. 타인들뿐 아니라 배 아파 낳은 자식까지 그녀를 수신 거부 목록에 올려놓았다.

소통 창구가 하나 남아 있기는 하다. 예컨대 행정적인 용무로 그녀 몫의 연금을 자식들이 찾기 위해 동의가 필요할 때이다. 그때만큼은 그녀에게 전화를 걸어온다.

어느 공안기관의 취조실처럼 밖에서만 그녀를 관찰할 수 있되 안에 있는 그녀는 밖을 내다볼 수 없는 구조에 갇혀 있다. 그녀가 구조신호를 밖으로 보내려 해도 차단된 셈이다. 스피커 하나는 켜져 있다. 119 전화와 112 전화가 그것이다. 그러나 범죄 신고나 화재 신고용 전화는 아무 때나 걸 수 있는 게 아니라서 결국 그녀는 고립되어 있다고 볼 수 있다.

그녀의 생활 속에는 웃음이 빠져 있다. 세상과 섞이지 못하는 그녀는 외부와 따로 작동하고 있다. 그녀를 소외시킨 채 돌아가는 외부와 그녀 홀로 돌아가는 내부로 나뉘어 두 개의 세계가 작동하고 있는 것이다. 그래도 그녀는 나름대로 삶을 사랑한다. 때로 요양보호사 앞에서 새끼들의 배은망덕을 나열하며 거침없이 흉을 보는 것도 삶을 애착하는 방법의 하나다.

그녀의 속잠방이(팬티) 안에는 지퍼가 달렸다. 그녀만 알고 있는 비밀 주머니이다. 헝겊으로 만든 금고이다. 하루에도 몇 번씩 꺼내 세어본다. 그녀 자신도 모르게 정신이 나가버리면 자신을 구조해줄 누군가 경비로 꺼내 쓰라고 정신이 멀쩡할 때 숨겨둔 돈이다. 현금 몇십만 원이 그 속에서 그녀와 같이 늙어가고 있다.

이제 쉴 수 있겠다

그를 만난 건 삼십 년 전이다. 내 근무지에 전입해온 동료로서다.

나이는 또래인데 입사가 조금 늦어 직장 후배였다. 용출봉으로 유명한 고산지대 출신이다. 법 없이 살 수 있다는 무골호인의 전형이다. 같이 근무하는 동안 큰소리 내는 걸 본 적이 없다. 한 번도 타인을 험담한 적도 없다.

사건관계인을 조사하는 일이 그의 업무였는데, 조사를 받은 이가 내게 고백한 적이 있다.

"어떻게 그러코롬 여린 사람이 범죄를 다루는지 이해가 안 갑디다."

선남인 자기 같은 선녀를 만나 결혼하고 타지로 전근을 한 뒤 득남의 소식도 전해주었다.

그런데 난데없이 그가 투병 중이라는 비보가 들려왔다. 수도권의 대형병원에서 대수술을 받을 만큼 위중한 병명도 함께. 돌이켜보니 점심으로 때우는 짬뽕 한 그릇도 소화제의 도움을 받아야 할 만큼 장애를 겪고 있던 그의 식습관이 떠올랐다. 어쩌면 그런 것들이 전조였는데 바쁜 와중에 적신호를 무심코 넘겨버린 것이리라. 초진 당시 이미 어려운 상황으로 치닫고 있다는 후문이었다.

어느 주말 그를 만나러 가는 동료가 내게 동행을 권했다. 지방의 작은 병원으로 내려와 요양 중이라는 근황을 알려주면서. 원래 마른 체구였던 그는 더욱 간소한 몸으로 변해 있었다. 그간 얼마나 병마에 시달렸는지 그의 몸이 대변해주었다. 함께 간 동료가 그의 병세를 잘 모르는 것처럼 시치미를 떼고 말했다.

"얼른 사무실 나와야지, 일이 많이 밀려 무척들 기다리고 있네."

그도 자신의 병세를 위장한 채 시치미를 떼며 응수했다.

"그러니까요, 좀 괜찮다고 해서 집 근처로 내려왔는데 다시 열이 나네요."

그러면서 그가 덧붙였다.

"처음 진단을 받았을 때 '아뿔싸'보다는 '아, 이제 좀 쉴 수 있겠구나.' 그런 엉뚱한 생각이 들더라니까요."

피곤한 그에게는 어제나 오늘이나 그날이 그날이었다. 조사가 시작되면 그늘로 자욱한 조사실 창문 너머로 햇살이 면회를 오곤 했다. 하지만 계절의 변화를 묵인하며 불법을 묵인하는 자들의 자백을 받아내는 데 자신의 시간을 다 써먹었다. 송치 관서에서는 대개 사실보다 사건을 좀 더 키워오거나 줄여오곤 했다. 조사관의 임무는 사건이 가진 본래의 크기를 찾는 데 있었다. 타인들의 송사에 혼신을 바치는 바람에 정작 자신에게 주어진 시간의 크기는 줄어갔다. 병마가 자기 안에 숨어 들어와 잠복하고 있는데도 그는 모른 채 시간을 흘려보 낸 것이다. 병마의 정체를 발견했을 때는 이미 뿌리를 깊이 내 려 축출할 수 없는 상태였다.

뼈아픈 그의 고백 앞에서 우리는 어떤 항변도 할 수 없 었다.

대체 업무의 폭군이 얼마나 짓눌렀으면 그는 종양 진단 을 구조신호로 받아들였을까. 그는 우리를 물끄러미 올려다 보고 있었다. 이렇다 할 표정은 아무것도 담고 있지 않았다. 그저 이젠 좀 쉴 수 있게 되어 안심이라는 자세였다. 그는 사 나운 조직에 어울리는 사람이 아니었다. 거친 사건의 속행 에 시달리기 일쑤인 기관의 직선적인 생리에서 자신을 고스 란히 지켜내기에 그는 너무 곡선의 위인이었다. 결국 탈진한 것이다.

죽음에 순응하며 삶을 담담하게 진술하는 그 앞에서 할 말을 찾지 못한 우리는 중언부언했다. 그를 등지고 나오면서 곧 다시 찾아오마고 지킬 수 없는 약속까지 하고 말았다.

그의 하소연을 뒷받침하듯 그에게서 물러 나온 우리는 사건에 끌려다니며 그와의 약속을 어긴 채 몇 달을 훌쩍 흘려 보냈다. 그렇게 어영부영하는 틈으로 그의 부음이 날아왔다.

약속을 어긴 우리를 꾸짖는 최고장처럼.

그는 우리가 찾아갈 때까지 기다려줄 수 없었던 것이다. 우리가 그에게 찾아가리라는 보장도, 그가 우리 곁으로 돌아온다는 보장도 피차간에 없었기 때문이다.

일을 마치고 빈소로 달려갔다. 다시 만나기로 약속한 그를 만났으나 영정 속 주인공으로 전향한 그는 가타부타 말이 없었다. 더는 시치미 떼는 선문답도 이루어지지 않았다. 그보다는 예닐곱밖에 되지 않은 그의 귀염둥이들이 우리를 더 아프게 했다. 그에게 소환된 그날, 우리는 밤늦도록 술을 마시는 일 말고 그를 위해 할 수 있는 잔무가 없었다. 당장 내일 새벽에 잡아놓은 현장검증 일정도 잊어버린 채 죽으라고 마시는 것만이 우리가 떠맡은 몫이었다.

어찌 되었든 그는 무기한 안식년을 맞았다. 이제 마음 놓고 쉴 수 있겠다.

용의자

정신을 잃어버리고 살았는데 훔친 것이 바로 나였다.

이모의 '우리 이장님'

커다란 도화지에
풀 한 포기
달랑 그려놓았다
나머지 모두 땅이 되었다
—「여백」

주말에 이모를 찾아뵈러 갔더니 이장 이야기를 꺼내신다. 새로 뽑힌 이장이 경로당의 화장실 청소며 궂은일을 마다치 않고 혼자 뚝딱 해치운다고 자랑하신다. 올봄에 새로 출마한 젊은 후보와의 선거에서 압도적인 득표로 당선되었다고 한다. 유권자라고 해야 서른 명도 채 넘지 않지만, 이모의 브리핑에 따르면 공정하고 비밀스러운 선거로 보였다. 이모의 우리 이장님으로 다시 뽑힌 그는 옛날 촌 동네 가족사가 그랬듯이 없는 집 맏이로 태어난 인물이다. 동생들에게 배움의 길을 터주고 고향에 뒤처져 청춘을 보낸 가난한 맏형의 전형이다. 동생들이 등진 고향을 혼자 오래오래 지키고 있다.

그런데 이모가 선거에 얽힌 사연을 살짝 털어놓으신다.

이모도 당선된 현 이장이 마음에 들어 속으로는 지지하였단다. 한데 상대 후보가 성격이 모난 탓에 노인들 분위기가 표를 전혀 주지 않을 것 같더란다. 젊은 후보가 안쓰러운 이모는 그에게 동정 표를 던졌다. 아닌 게 아니라 개표를 해보니 젊은 후보는 한 표만을 얻었다. 이모의 배려로 무득표를 면하게 된 것이다. 다행히 그 한 표를 이모가 던진 줄은 아무도 모르는 일이고, 나에게 처음 털어놓는 것이란다.

이모는 어쩌다 우리 집에 다니러 오시면 하룻밤 만에 곧장 떠나신다. 혹 주무시더라도 새벽밥을 해 먹고 동네로 돌아가려고 서두르신다.

이모의 내비게이션에서 목적지는 늘 경로당으로 설정되어 있다.

느린 이모가 정차 중인 경로당은 속도가 고장 난 곳이다. 그곳의 시간 속에는 속도라는 권위가 통하지 않는다. 빨리 빨리는 경로당 승객들의 흠 없는 귀가를 앞지르지 못한다.

5원으로 구원받다

삶이 사용자라면 어머니는 지배인이고 나는 피고용인이었다. 돈이 갑이라면 어머니는 을이고 나는 병이었다.

초등학교 저학년 때였다. 우리 집은 구멍가게를 했다. 아버지가 갑작스레 병사하며 가난했던 집은 더 쪼그라들었다. 시골에선 땅이 있어야 제대로 정착을 할 수 있다. 농촌에서 땅은 영토이다. 영토가 없는 사람은 주권을 행사할 수 없다. 땅한 평 없는 우리는 유목민 신세였다. 달리 생계를 이어갈 방도가 없었다. 품삯으로 육 남매의 궁색한 입을 봉합하기에는 턱없이 부족했다.

어머니는 아버지가 손수 지어놓고 간 누옥에 구멍가게를 냈다. 구멍가게는 어머니가 만든 우리만의 영토였다. 그곳은 우리 가족의 꿈을 일구어볼 수 있는 토대가 되었다. 위치가 동네 입구라서 목은 좋았다. 한쪽에는 잡화를 떼어다 팔고 나머지 칸에서는 소주와 막걸리를 파는 선술집 코너를 겸했다. 잡화는 도매상 트럭이 물건을 대주고 소주와 막걸리는 집에서 꽤나 떨어진 장터의 큰 가게에서 사다가 얼마간의 이윤을 보태 팔았다. 장터 가게는 도매상 역할을 하고 우리 집은 소매상 역할을 하는 방식이었다.

장터에서 소주 대병을 사 오는 것이 내 임무였다. 나는 심부름꾼으로 우리 집에 고용된 것은 아니지만 그 역할은 자연스럽게 내게 할당되었다. 동생들은 아직 어리고 내 위의 형은 일찍 집을 떠나 있었다.

자전거를 타고 장터에 다녀오는 것이 그리 쉬운 노릇은 아니었다. 지금처럼 안정된 포장로가 아니었다. 자갈이 깔린 신작로였다. 자칫하면 넘어지기 십상이었다. 화물차들이 먼지를 날리므로 자전거는 갓길 쪽으로 다녔다. 갓길에는 굵은 자갈이 많았다. 자갈이 미끄러워 넘어지고 무릎 깨지는 날이 빈번했다. 피가 나고 살점이 떨어져 나간다 해도 빨간약 한 방울 뿌리면 치료는 그것으로 끝이었다. 어차피 병원은 멀었고 진료비로 소비할 돈이 우리 집에는 없었다.

장터를 다니던 어느 날 고용주인 어머니의 지시에 소주 대병을 사다 주었다. 그런데 거스름돈을 건네받은 어머니가 5원이 부족하다고 나무랐다. 나무라는 데 그치질 않고 당장 돌아가 5원을 받아오라고 성화를 댔다. 피고용자의 처지인 나로서는 부족한 액면을 중간에서 착복한 거로 의심받는 혐의자라도 된 것처럼 난감했다. 장터에 돌아가 거스름돈이 부족하다고 항변을 했을 때 주인이 계산에 착오가 있었음을 순순히 시인하고 문제의 5원을 내주면 그만이었다. 한데 만일 주인이 오리발이라도 내밀면 어쩐다. 그깟 5원 안 받으면 그만

인데 장터 아줌마와 5원을 두고 실랑이를 벌여야 하는 악역
은 숫기가 없는 내게 고역이었다.

온갖 상념에 젖은 내가 5원을 구하러 장터로 가는 길은
멀고도 멀었다. 그러나 아무리 천천히 페달을 밟아도 그 길은
금방 끝나버리고 장터 가게 앞에 금세 도달했다. 나는 법정에
소환된 피고처럼 어깨를 잔뜩 움츠린 채 최대한 불쌍한 표정
을 장터 아줌마 앞에서 연출했다. 우려와는 달리 그녀는 두말
없이 조막만 한 내 손에 5원을 쥐어주었다. 두 개의 시나리오
중 성공을 가상한 대본대로 이루어진 것이다.

어쨌거나 그때 그녀가 나에게 건네준 5원이 나에게는 거
상의 거금보다 더 큰 액면이었다. 그 순간 그녀는 나를 구원
해준 은인이었다. 어머니가 나를 궁지에 내몬 비정한 맹장이
라면 그녀는 사지에서 나를 구해준 덕장이었다.

그런데 그 어려운 걸 해낸 나는 갑자기 허탈해졌다.

5원 때문에 없는 숫기까지 바닥이 나자 심부름이 무겁고
신작로가 두려워졌다. 그날부터 5원은 반려견처럼 소심한 나
를 따라다녔다. 잠잘 때나 깨어 있을 때나 수업 시간에도 5원
이 졸졸 따라붙으며 나를 지켜보았다. 내가 무럭무럭 자라는
데도 5원은 내 안에 뿌리를 내린 채 길이길이 머물렀다. 내가
청년이 되고 장가들어 아이를 낳은 뒤 중년의 고개를 넘어오
도록 5원은 나를 집요하게 쫓아오며 내 안에 잠복해 있다. 죽
지도 않고 봄이면 돌아오던 각설이처럼 깡통을 들고 찾아와
5원만 주면 돌아간다고 떼를 쓰며 어슬렁거린다.

그렇지만 아무리 나를 뒤져도, 내 생애 전부를 탈탈 털어 봐도 5원이 부족하다. 집을 사고 자가용을 두고 보험과 적금까지 들었어도 5원은 채워지지 않는다. 여전히 5원을 생각하면 나는 서운하고 가난해진다.

확인서면

등기권리증은 이 세상에 단 하나뿐이다. 다시 만들 수 없다. 증서(계약서) 원본에 검인과 등기소장의 확인을 받는 것이 등기권리증이다. 등기권리증의 사본은 공적인 용도로서는 가치가 없다. 분실하면 재발급도 안 된다. 그럴 때 대체하는 것이 있다. 당사자가 등기소나 법무사 앞에서 본인이 소유자임을 확인하는 절차이다. 바로 확인서면이다. 등기소유자가 병원에 입원 중이면 병원까지 법무사가 직접 찾아가 대면해야 한다. 가령 코로나 2단계인데 요양병원에 있을 때는 대면이 안 되므로 확인서면을 작성할 수 없다. 때에 따라서 등기행위를 하지 못할 수도 있다. 사망이 임박한 시기에 도달한 소유자를 방문해야 할 때는 난감하기까지 하다. 중환자라도 치매나 의식불명이 아니면 확인은 가능하다. 하지만 죽음을 목전에 둔 소유자에게 탈탈 털어가는 느낌이 들어 민망할 때가 있다.

확인서면의 용도는 재산을 처분하기 위한 절차이다. 당사자를 경제적 주체에서 제외해버린다. 제로로 만들어버리는 것이다.

　1004호다.

　요양병원은 노인들 세상이다. 노인을 위한 노인들만의 병원이다. 병원 특유의 냄새에다 노인들 특유의 냄새가 가세하여 정체를 알 수 없는 냄새가 떠다녔다. 보고 들을 수는 있으나 말문이 막혀 있는 노인이다. 아직은 인간이라는 걸 입증하려는 듯, 앙상한 뼈가 악착같이 지키고 있다. 노인은 누워서 손님인 나를 맞이했다. 독화살을 맞고 사냥꾼의 처분을 속수무책으로 기다리는 산짐승처럼 무방비 상태다. 처음 보는 나를 구경하는 눈빛이다. '저 짐승은 멀쩡하군!' 그렇게 말하는 눈치이다. '예, 아직은 그렇습니다.' 하고 나도 눈빛으로 대답했다. 그를 생명으로 담보해준 숨이 불편해졌다는 게 간병인의 설명이었다. 가옥으로 말하면 폐가 수준에 이르렀다는 것이다.

　　- 따님에게 000번지 땅을 증여하는 거 맞지요?
　　- …(고개를 끄덕이며 긍정의 눈빛을 보인다.)
　　- 등기권리증이 없어서 본인의 뜻을 확인하러 온 거예요.
　　- …(같은 동작으로 같은 눈빛을 보낸다.)
　공적인 목적으로 방문한 나는 노인에게 사무적으로 물음을 던졌다. 당사자인 노인은 자기 뜻을 눈빛에 모아 대답으로 갈음했다. 마치 기다리고 있던 것처럼 그는 내 물음에 정중하게 고개를 끄덕였다. 다분히 수세적이었지만 망설임이라고는 찾아볼 틈이 없었다. 노인은 자신에게서 재산을 떠나보낼 때가 되었음을 직감하고 있다. 노인은 재산을 사랑했기에 한평생 붙들고 지냈지만, 재산은 노인을 사랑한 적이 없었다. 그것은 언제든 다른 거처로 옮겨갈 준비가 되어 있으므로.

노인의 목소리가 몹시도 궁금했지만 확인하기 어렵다. 남은 목소리는 유언을 남길 때 써먹으려고 아끼는 모양이다. 내게 써먹는 만큼 줄어들 것이니 목소리 좀 들려달라고 독촉할 수 없었다. 할 수 없이 노인과 나는 수화와 구화를 번갈아 구사했다. 노인은 미리 학습이라도 받은 것처럼 모범적인 태도를 보였다. 나는 항복 문서를 받는 것 같았다. 그의 최후를 지키는 재산을 몰취하는 것처럼. 더는 버틸 생각이 없는 노인이 투항 의사를 문서로 만드는 것처럼.

나는 수임자로서 노인이 자신을 비워내는 과정에 입회인으로 갔다. 노인이 자신을 비우는 것에 동의하는지 확인차 간 것이다. 혹시나 그가 변심해 자신의 의사를 번복할까 봐 못을 박으러 간 것이다. 확인서면을 받는데 순조롭지는 않았다. 지문을 찾기가 쉽지 않았기 때문이다.

낡아빠진 손가락에서 지문은 행방을 감추고 있었다. 맨몸으로 황무지를 개간하며 중노동이 열 손가락을 갉아 먹었다. 십지문이 실종되었다. 몰락한 가문의 정본으로 태어난 노인, 가난을 대대로 복사한 탓에 사본 취급을 받았다. 이면지처럼 남의 집 헛간을 전전하며 집안을 일으켰다. 노인을 진본으로 탁본한 곳은 땅이었다. 논배미 밭고랑 갈피마다 삽과 괭이로 밑줄을 그었다. 땀방울로 간인한 흔적들이 그를 소명한다. 팔순 고개 완등하고 유효기한이 다해가는 노인, 작년 봄까지도 황소가 끄는 쟁기에 첨부되어 논두렁으로 출석했다. 부록으로 어깨에 멘 삽날이 지문처럼 문드러져 있었다.

확인서면의 여백 난에 노인이 지문을 찍고 서명을 했다. 죽음을 목전에 둔 그가 백기를 던지는 순간이다. 이로써 노인이 인간으로서 누려온 권리는 소진되었다. 그는 이제 사회적으로는 인간의 작위를 내려놓았다. 노인은 죽음을 공포의 대상에서 지워버린 사람처럼 가라앉은 모습을 보였다. 더 내려놓고 말 것도 없이 바닥을 쳐 올라갈 일만 남은 사람의 분위기를 자아냈다. 후회할 준비를 마친 얼굴이었다. 모든 일에 용서할 준비를 마친 표정이었다.

서명과 무인의 투항 의식을 마친 노인은 창백한 얼굴을 침대에 다시 묻었다. 어머니의 젖가슴을 파고들었을 어린 아기 때의 모습이다. 노인은 자기 뜻대로 행동한다기보다는 병에게 볼모로 잡혀 있는 태도였다. 다시 회복해 삶 속으로 돌아가느니 차라리 이대로 죽음을 향해 여행을 떠나는 편이 낫다는 표정이었다. 반면에 입회 중인 젊은 자식은 지친 표정이역력했다. 노인이 혹시라도 확인을 거절하고 옆길로 새어 삶으로 돌아설까 봐 걱정하는 모양이었다. 노인의 곁을 지키고는 있으나 그들에게는 목표가 있어서다. 노인의 곁에 남아 있는 재산이 그들의 표적이다. 노인의 재산을 그의 곳간에서 빼내 가기 전까지 그들은 노인의 곁을 묵묵히 지킬 것이다. 노인의 재산이 그들에게 양도되면 노인은 달랑 그 자신으로만 남게 될 것이다.

아직 살아 있는 노인의 눈빛은 최후의 보루처럼 그를 지키고 있다. 노인은 죽어는 가고 있지만, 약자가 아니라 성자처럼 보였다. 노인의 무대였던 삶과 그 무대의 주연인 노인 사이엔 나도, 자식도 알지 못하는 비밀이 잠복하고 있다. 죽음 저편의 절대자와 단둘이 자리하면 삶의 무대에서 차마 고백할 수 없던 그만의 비밀을 털어놓을 것이다.

환승역에서

벚꽃이 정차 중이었다. 당신이 하차할 것 같아 달빛이 붐비는 봄밤을 서성이곤 했다.

—
3부
—

한나는 소재불명

당신이 부친 겨울을 받았습니다
눈으로 접어 보낸 봉투를 열었습니다
빨갛게 달뜬 자전거에서 식은 행낭을 내립니다
안녕이 쏟아집니다
당신의 안부에
"바람은 담기지 않았습니다"
밤마다 쿨럭이는 나는
아무래도
파란 봄이 처방되기까지
당신이라는 독감을 앓아야 할 것 같습니다

—「답장」 중에서

몇 년 전 한 죽마고우를 떠나보냈었다.

병마와 맞서 잘 싸우고 있다더니 치유의 낭보 대신
비보를 보내왔다. 갑작스러운 부음을 접하고 그날 저녁 상경

했더랬다. 다른 죽마고우들과 연락을 주고받았고 차례로 빈소에 도착하기로 약속을 했다. 같은 마을에 살던 동기들에게 연락을 띄웠다. 남자 동기들은 대체로 쉽게 연락이 닿았으나 여자 동기들과는 연락이 순조롭지 않았다. 아무리 그래도 고인이 된 친구 옆집에 살던 한나 만큼은 동행하고 싶었다. 젊은 날 그녀는 나와 죽은 친구를 살뜰히 챙겨주었다. 우리 셋은 오누이 같이 각별한 정을 나누던 사이다. 장례식장 인근 도시에 사는 한나는 종합병원 수간호사로 일하고 있었다. 해외에 파견 간호사로 다녀오기도 한 곡절 많은 그녀였다. 다행히 장례식장에 동행하기로 약속을 했다. 그런데 막상 도착할 무렵이 되자 병원에 급한 사정이 생겨 올 수 없다고 힘들게 잡은 약속을 번복했다. 영원히 떠나는 친구의 배웅보다 더 급한 일이 무엇이라고. 그녀는 끝내 빈소에 나타나지 않았다. 빈소에 빈자리를 남긴 그녀에 대해 섭섭함이 쉽게 가시지 않았다.

나는 그녀에게 뒤끝을 보였다. 그 일로 서운한 감정을 버리지 못한 채 소심하게 복수를 했다. 안부 문자를 보내오면 성의 없이 답신을 보낸다든가, 혹은 답신하지 않는 쩨쩨한 방법으로 말이다. 한 달 전에도 한나는 어디서 얻은 글이라고 보내주었다. 나는 역시 그 죽마고우의 상사喪事를 떠올리며 그녀가 보내온 문자에 답신을 회피하며 소심한 복수를 반복했다. 그녀가 거듭 보내오는 문자는 그녀 나름의 화해를 바라는 시도였을 것이다. 그런데도 나는 그것을 침묵으로 반려하였다. 죽은 친구에 대한 추모의 범주에 그녀에 대한 앙심을 포함한 것이다.

그런 한나가 자신의 이름으로 자신의 부고를 보내왔다.

갑작스러운 문자라 장난이려니 했더니 이어서 딸의 이름으로 추가 문자가 도착했다. 엄마가 갑자기 돌아가셔서 대신 부고를 띄운 것이라고. 그대로는 믿을 수 없었다. 명색이 수간호사이니 누구보다 건강관리를 잘했을 테고, 이 나이에 서둘러 죽을 이유가 없었다. 이렇게 떠나다니 어처구니없는 비행이다. 믿기지 않은 나는 그녀의 친정 식구를 수소문했다. 빈소에 가 있는 오빠와 통화를 하고서는 믿을 수밖에 없는 현실이 되었다. 이렇게 허망하게 떠날 줄 알았으면 두 번째 문자부터는 짧은 답신이라도 보내야 했는데….

허겁지겁 빈소를 찾았다. 먼저 도착한 친구들의 전언인즉 퇴근을 하였다가 피로 해소제를 맞는다며 다시 병원으로 갔다 돌아오지 못한 것이란다. 나는 한나의 사인에 대해 뭔가 단서를 얻으려고 유족들 눈치에 고개를 뺐으나 허사였다. 망연자실한 유족에게 더 이상의 사인을 캐묻는 건 고문이라 관두었다. 수군거림만 무성할 뿐 주인공이 자리를 비운 장례식장은 한숨만 떠다녔다.

별안간 지상에서 연락 끊긴 한나는 사랑하는 딸이 불러도, 고향에서 올라온 친정엄마가 불러도 응답이 없다. 바쁜 사람들 한꺼번에 불러놓고 정작 그녀만 한가로이 액자 속에 앉아 있다.

소심한 복수를 저지른 내게 이렇게 한 방을 먹이다니 한나가 이겼고 내가 참패를 했다.

한나가 퇴장하자 생의 무대에 남아 배역을 소화할 우리는 혼란에 빠졌다. 그녀에 관한 지문地文을 다 지우고 대본을 다시 써야 하기 때문이다.

금품의 양태

A는 막무가내형이다.

그는 피해액의 규모나 범행의 죄질에 비추어 신병 처리가 유력한 피의자였다. 다시 말해 구속될 위기에 처한 것이다. 구속 직전에 소환된 그가 큰 봉투 하나를 서류로 가장해 탁자 위에 내놓았다. 마지막 신문을 시작도 하기 전에 말이다. 그가 던지는 눈빛에서 돈 냄새를 직감했다. 선불금 조로 내놓는 것이다. 조서 작성에 자신을 유리하게 반영해달라는 막후 야합의 도구다. 옆방 집무실에는 동료가 있고 맞은편 책상에도 동료가 눈 뜨고 있는데도 말이다. 어차피 조사가 마무리되면 자신이 구속될 수밖에 없는 처지임을 그는 알고 있다. 이판사판이니 나를 간 보는 것이다. 나를 상대로 낚시를 던져보는 것이다. 현금 뭉치를 미끼로 걸고 그걸 덥석 물어주기를 노리는 것이다. 그걸 물었다가는 모가지에 걸리고 그에게 덜미를 잡힐 것이다. 그렇다고 대놓고 망신을 줄 수는 없다. 망신을 주어서도 안 된다. 엄한 처벌이 예상되는 사건관계자일수록 잘 대해주어야 한다. 자칫 절망에 빠져 자신을 극단적으로 몰아

갈 수 있기 때문이다. 아무에게도 들리지 않게끔 속삭이듯 타이른다. 당장 철회하면 불문에 부칠 것이라고.

B는 은근슬쩍형이다.

그녀는 담배를 선물로 위장해 가지고 왔다. 연일 수고가 많다고 하면서 담배 한 보루를 책상에 내려놓았다. 그 시절 나는 하루에 담배 두 갑도 모자란 골초였다. 재떨이를 필수품으로 끼고 살던 안개족이었다. 그런데 담배를 받는 순간 어쩐지 찝찝했다. 담뱃갑 포장에서 이물질이 붙잡힌다. 바닥에 현금을 깔아놓은 것이다. 물론 그의 처지는 이해하고 남았다. 그녀는 국가유공자 가족이다. 배우자는 공상公傷으로 노동력을 상실하고 그녀가 연금으로 살림을 꾸리는 사실상의 가장 역할을 했다. 연금을 모아 이자 수익을 염두에 두고 사채로 대여하였다가 고액을 떼인 피해자다. 배우자의 살점 같은 연금을 찾을 수 있게 해달라고 날이면 날마다 쫓아다니던 고소인이다. 다행히 신속하게 사건이 처리되는 바람에 가해자 측과 원만히 합의되어 피해액을 현금으로 회수했다는 소식을 들은 터다. 만일 담배를 가져가지 않으면 다시는 연락도 하지 말라는 엄포를 놓았다.

C는 애먼 가족 끌어들이기형이다.

그는 공기업의 간부였다. 사건이 진행되는 와중에 어떻게든 알아냈는지 시골집 어머니에게 불쑥 찾아갔다. 관가의 악습이라고는 알 리 없는 어머니에게 지인이라고 속여 강화도 화문석 같은 고가품을 내려놓고 갔다. 내가 전달해달라고 했다며 속사俗事에 어두운 어머니를 둘러 먹으려는 수법이다. 서민들은 언감생심 구매하기 백배 부담인 고가의 선물 공세를 펼친 것이다. 뒤늦게 방문객의 정체를 알게 된 어머니의 입에서 그는 호랭이나 물어갈 놈으로 소환되었다. 그 우라질 놈이 놓고 간 공물은 반려되는 동안 집안의 애물단지로 전락했다. 그는 그 후에도 온갖 연줄을 대며 귀찮게 했다. 하도 피곤해서 일단 소환을 미뤄야 했다. 시간이 지난다고 사건이 썩는 건 아니다. 매를 버는 것일 뿐.

D는 다짜고짜 읍소형이다.

그는 퇴근하는 내 뒤를 밟아 다짜고짜 따라붙었다. 상담이나 잠깐 하자고 차를 세우는 것이다. 쓸데없는 소리나 씨부렁거리면서 하소연을 늘어놓다가는 봉투를 냅다 차 속에 던져놓고 내뺐다. 돌려줄 기회를 원천적으로 봉쇄하려는 전광석화 같은 작전에 속수무책으로 당할 뻔했다. 저런 자는 나중에 사건으로 비화하기라도 하는 날이면 10만 원을 던져놓고는 100만 원이라고 우기고 100만 원을 던져놓고는 1,000만 원이라고 부풀릴 위인이다. 어차피 현금거래라 물증은 없는 것이니 큰소리치는 놈이 승자 노릇을 할 터이다. 그럴 때는 등기로 반송하는 것이 상책이렷다.

제삼자 이용형이다

지인 E에게서 연락이 왔다. 휴가철을 즈음하여 점심이나 하자고. 날도 더운데 냉면이나 한 그릇 어떠냐고. 거기까지는 좋았다. 그런데 점심이 끝나갈 무렵 휴가는 어디로, 언제쯤, 누구랑 가느냐고 친절을 가장해 질문 공세를 벌이는 것이다. 그러고는 슬그머니 휴가비에 보태라고 봉투 하나를 내놓았다. 아무 조건도 없고 의례적인 인심이라고 얼버무렸다. 그러나 나는 알고 있다. 그 지인은 이미 어떤 사건의 관계인이 파견한 밀사라는 것쯤. 오랜 경험을 통해 그 정도 눈치를 채는 것은 어렵지 않다. 지인의 정체를 파악하는 순간 밥맛은 떨어지고 입맛도 달아났다. '오늘 점심은 독약이구나' 후식으로 나온 봉투를 받아먹으면 사건은 죽는 날이다. 그렇게 되면 부장품을 받은 대가로 사건과 함께 순장되어야 한다.

*

금품을 제공하려는 이들은 뉘우치는 빛과는 담을 쌓은 자들이다. 그저 자신의 변명을 향해 수단과 방법을 가리지 않고 돌진하는 자들이다. 유지들이나 굵직한 X파일 사건일수록 금품을 가운데 놓고 밀고 당기는 과정을 반복한다. 금품으로 회유하려는 자들은 완전범죄를 위해 증거를 없애는 데 적합한 방법을 고안해낸다. 그들은 발각되기까지는 기꺼이 위험을 감수하는 강심장을 소지하고 있다.

6학년 4반

친구야,
지갑 좀 빌려줄꺼?

꽃 피거든
꿀 따서 갚아줄게
　　　　　　　　　－「차용금」

　　새마을운동 시절이었다.

　　우리는 저마다 벤또라고 불리던 양은 도시락을 싸 들고 먼지가 풀풀 날리는 신작로를 따라 새마을운동 노래를 부르며 학교로 달려갔다.

　　겨울이면 조개탄 난로 뚜껑 위에 벽돌처럼 도시락을 쌓아놓았다. 수업 시간이 바뀔 때마다 맨 아래 칸 도시락을 맨 위로 올려 밥이 타지 않도록 배려하는 작업을 누군가 했다. 오전 수업이 끝나기 무섭게 둘러앉았다. 도시락에 물을 말아 김치하고만 먹어도 그렇게 맛이 좋았다.

앨범을 뒤지는데 찾고 싶은 얼굴이 보이질 않는다.

이쪽을 보아도, 저쪽을 보아도, 앞장과 뒷장을 샅샅이 뒤져도 꼭꼭 숨어버렸다.

교탁을 지나 까만 눈을 굴린다. 누구는 졸고, 누구는 장난치던 책상과 걸상을 떠올리며 들여다보니 아, 그 동무가 그 자리에 앉아 있다.

창문 쪽 앞에서 두 번째 쯤 앉아 있던 키 작은 동무, 늦게 입학하는 바람에 두어 살 더 먹었다던 동무, 말없이 자기 할 일만 하고 지내던 동무, 점심시간이면 왠지 더 조용하던 동무, 도시락과 예쁜 반찬통을 준비할 수 없던 형편이었겠지. 널찍하고 투박한 찬합 속에 보리밥을 가득 담고, 사기그릇에 김치를 담아온 가난을 보여주기 싫었겠지.

6학년이 끝나기도 전 그 동무는 보이지 않았다. 그는 갑자기 사라져버린 것이다. 그가 장기결석에 들어가기 전까지 수상쩍은 그림자 하나 찾아볼 수 없었다. 그는 심지어 앨범을 찍기도 전에 학교를 떠났다. 초등학교 졸업이 버거울 만큼 무자비한 가난이 그를 통제했던 것이다. 6학년 4반 교실에서 그를 데리고 간 그 시절의 가난은 폭력에 가까웠다. 결국 그의 졸업은 산산조각이 났다. 하지만 우리는 온통 만화와 축구에 정신이 팔려 그의 장기결석조차 놓치고 지냈다.

들리는 말로는 전학을 간 것이 아니라, 어려운 형편이 초등학교 졸업장의 발목을 잡았다고 했던가. 우리는 얼마간 수군거리다가 다들 놀이에 빠지고 진학 준비에 바빠 그를 저마다의 기억에서 탈락시켰다. 교정에 플라타너스 이파리가 나뒹굴고, 긴 방학을 지나 꽃샘추위가 봄을 데리고 오기 전, 우리는 빛나는 졸업장을 타신 언니 오빠가 되어 학교를 떠났다. 졸업과 함께 그의 근황도 우리들의 관심사에서 벗어났다.

그는 지금쯤 어디서 무엇을 하고 있을까. 그에게 호의를 베푼 기억이 하나도 없다. 그의 웃음이며 몸짓이며 말투는 까맣게 잊었다. 하지만 말수가 없던 그의 풍부한 침묵은 뚜렷이 남아 있다. 졸업도 하기 전에 그를 우리에게서 연행해간 가난은 어찌 되었을까.

나 같은 갑남이 되어 짝꿍 같은 을녀를 만났을까. 등굣길에 늘어서 있던 코스모스도 심어놓고 향기롭게 살아가겠지. 나 같은 어깨동무를 기억 속에 소장所藏하고 있을까. 어느 도시의 플랫폼에서 서로 마주치고도 낡은 표정을 몰라본 채 그냥 지나친 것은 아닐까. 그가 보관하고 있는 기억의 무대에서 나를 누락시켜버렸는지도 모른다. 설사 만난다고 해도 화젯거리가 하나도 없을지 모른다.

어쩌면 그는 입학한 적도 없는데, 내가 꿈속에서 만났던 동무를 6학년 4반으로 기억하고 있는지 모른다. 6학년 4반을 만나서 그 동무를 물어보면 나조차 6학년 4반이 아니었다고 부인해버릴지도 모른다. 나는 아직 졸업을 못 했는지도 모른다. 번번이 유급을 당하여 아직 6학년 4반에 재학 중인지도 모른다. 그래서 지금까지 철이 없는지도, 철이 없어서 시를 쓰고 있는지도 모른다.

내년 봄 꽃을 팔아 시를 쓰고 원고료가 모이면, 나는 6월 4일 6시 4분에 6학년 4반 동무들을 초대할 것이다. 초대한 날 아무도 나타나지 않으면 나는 학교로 쫓아갈 것이다. 아니 앨범 속으로 찾아갈 것이다. 아니 꿈속으로 돌아갈 것이다.

이름이 두 개

옛날에는 개명이 '하늘의 별 따기'였다.

부모가 지어준 이름에 대해 불평을 늘어놓는 건 개명 신청자들의 공통된 반응이다. 그들은 자기의 중요한 서류에 본명이 기재되는 걸 못마땅하게 여긴다. 그들은 마치 본명이 그동안 부정한 관계를 맺고 지낸 것처럼 괄시한다. 개명은 변신의 시도이다. 신분상으로 자기 갱신이다. 하지만 주변 사람들에게는 혼란을 초래한다. 새로운 타자로 만나야 하기 때문이다.

예전에는 내 이름을 내가 바꾸어 쓴다는 데도 법원이 허가권으로 쥐락펴락했다. 본명이 '김일성'이라는 특별한 사정이 아니면 십중팔구 불허되기 일쑤였다. 사정이 이러다 보니 공부公簿상에 등록된 이름과 일상에서 사용하는 이름이 다른 경우가 허다했다. 그러던 것이 한 시절을 풍미했던 '내 이름은 김삼순'이라는 연속극이 종영할 즈음 우직한 삼순이 열풍에 힘입었던지 대법원에서도 개명에 관해 새로운 판례를 내놓았다.

'성명은 인격권으로서 통상 부모에 의해서 일방적으로 결정되고, 그 과정에서 이름의 주체 의사가 개입될 여지가 없다. 본인이 그 이름에 대하여 불만을 품거나 그 이름으로 심각한 고통을 받을 때도 평생 그 이름을 가지고 살아갈 것을 강요하는 것은 합리적이지도 않다. 사회적·경제적 이해관계가 훨씬 더 복잡한 대기업 상사 법인도 상호를 자유롭게 변경한다. 그런데 사람의 개명만을 엄격하게 제한할 경우 헌법상 인격권과 행복추구권을 침해한다.' 이런 이유로 개명을 완화하기로 판례를 변경한 것이다.

이 같은 새로운 판례 이후로 어지간히 사유를 적어내면 개명은 허가해주고 있다. 하지만 예외가 있다. '개명으로 범죄를 은폐하거나 법령에 따른 각종 제한을 회피하려는 불순한 의도가 개입된 경우'라면, 원칙적으로 개명을 불허하고 있다. 예컨대 수배자나 악성 채무자의 '신분 세탁'을 막기 위한 것이다. 그런 이유로 개명 심사 전에 경찰관서에 전과를 조회하고 금융당국에 신용을 조회한다. 어떤 전과가 있는지, 신용불량자로 등록된 사례가 있는지 살펴보려는 것이다.

*

갑순 씨는 자기 뜻과 달리 호적부에 등재된 이름을 공식적으로는 사용하였다. 그러나 이름에 대하여 친구나 친지들로부터 놀림을 받는 일이 자주 일어나면서 학창 시절, 입학이나 학년이 바뀔 때마다 출석을 부르거나 자기소개할 때가 되면 심한 스트레스를 받아 학교에 다니기도 싫을 정도였다.

갑순 씨는 고민 끝에 주변의 역학과 성명학에 조예가 깊은 자와 상의하여 '금희'로 개명한 후 일가친척이나 친구들에게 새로 작명한 이름을 알리고 사용하게 되었다.

그녀는 공부상 이름을 기록해야 하는 부득이한 경우를 제외하고는 모든 사적인 서류, 예컨대 관공서 등에서 실시하는 강습이나 동창회, 각종 우편물 등에는 금희로 기록하였다. 특히 소녀 때부터 사귀던 남친이 군에 입대하였을 때 금희라는 이름으로 편지를 왕래하였다. 갑순 씨는 그 편지를 사랑의 증표로 보관하고 있으며, 결혼 뒤에도 부부끼리는 금희로 호명해오고 있었다. 하여 갑순 씨는 금희로 개명을 신청하였다.

그런데 개명 신청서에 첨부한 친정 부모 제적등본에는 개명하려는 이름과 같은 또 하나의 금희가 자매로 입적되어 있었다. 금희 씨에 따르면 둘 중의 한 명은 실제로 존재하지 않는 인물이라고 하였다. 처음 호적부에 자기 이름으로 등재한 갑순이가 좋지 않다는 것을 인식하고 고민하던 아버지가 금희로 새로 출생신고를 하면서 당시 호적 공무원에게 처음에 등재된 갑순이를 사망으로 처리하고 금희를 새 출생자로 등재하라고 당부하였다. 그런데 갑순이를 호적부에서 말소시키지 못하는 바람에 공적으로는 생일이 같은 갑순 씨로 활동하고, 사적인 일상에서는 금희를 이름으로 사용해왔던 것이라고 주장하였다. 그러나 법원은 소명자료를 제대로 갖추지 못한 갑순 씨의 주장을 받아들이지 않았다. 결국 또 하나의 금희로 개명하려던 계획은 수포로 돌아가고, '은희'라는 새 이름으로 다시 개명하여 허가를 받았다. 그러나 갑순 씨는 남편과 사이에 호명되던 '금희'를 잃게 된 것을 못내 아쉬워했다.

*

수년 전 문인 S도 개명을 의뢰하였다. 별다른 문제가 없다고 해서 속전속결로 신청을 대행하였다. 그는 이미 개명한 이름으로 활동을 하고 있던 터였다. 필명으로 사용하고 있는 이름을 아예 가족관계등록부상 본명으로 등재하려는 시도였다. 그런데 법원 심리 과정에서 예상치 못한 문제가 터졌다. 뜻밖에 보정명령이라는 암초를 만난 것이다. 신용을 조회한 결과 신용불량자로 등록된 명세가 발견되었으니 그 연체 사유를 이해할 수 있게 소명하라는 것이었다. 그가 깜냥껏 작성한 보정서를 제출하였다. 하지만 그의 소명을 법원은 변명으로 받아들였고 신분 세탁으로 의심하였는지 결국 개명 신청을 기각하고 말았다.

나중에 속사정을 들어 보니 그는 이미 다른 지역의 법원에도 개명 신청을 했다가 반려된 전력이 있던 터였다. 내게는 이전의 불허된 사정을 제대로 알리지 않았다. 그로서는 법원을 바꾸어 개명 신청을 하면 순조롭게 허가될 것으로 기대를 하였던 것이다. 나로서는 개명 신청을 대행한 이래 첫 불허

사례로 기록되었다. 그와 나는 불명예를 공유하게 된 것이다.

이후로도 그는 '스스로' 개명한 문제의 이름을 여전히 필명으로 쓰고 있다. 어쩌다 잡지에서 그 필명을 접할 때마다 묘한 감정에 사로잡히곤 한다. 나중에라도 그의 신용불량 기록이 삭제되었다면 다시 개명 신청을 해볼 수 있을 것이다. 겸연쩍은 나 대신 다른 사무소를 통해 벌써 개명 절차를 밟았는지는 모르겠다. 그 사건 이후로는 그를 대면한 적이 없다. 기각된 사건으로 인한 난감함 때문인지 내가 알지 못하는 다른 사유가 있는지는 모르겠다.

어차피 '시인'이란 신분을 위장하고 살아가는 족속이 아닌가. 시 속에서는 생활을, 일상에서는 시인을 감추는 위장전입자들이 아닌가. 생활은 시인에게, 시인은 생활에 서로의 장애물이 아니던가.

요한 형의 기각당한 꿈

눈물 가득 부은 컵에
웃음 한 방울 섞으면
생활이 제조된다

휘청이는 그대
몇 잔째인가

—「폭탄주」

     그는 초등학교 선배다. 갓 입학한 내가 자음과 모음을 배울 때 그는 고학년이었다. 공부를 잘하고 야무져 전교 회장을 하던 선배이다. 그는 머리가 좋은데 집이 가난했다. 그것도 찢어지게 가난했다. 어떤 살림도 요한 형의 일가보다는 더 헐벗을 수 없다. 키는 작지만, 얼굴도 잘생긴 데다 공부까지 잘해 궁색한 것 하나를 빼고는 모자랄 것 없는 재간둥이였다. 매주 월요일 전 학년이 운동장에 모여 조회를 하였는데, 전교

회장으로 맨 앞자리에서 구령을 힘차게 외쳤다.

졸업 후 그는 사복 차림으로만 눈에 띄었다.

쪼들리는 살림이 진로의 발목을 잡았던 것이다. 얼마 안 되는 중학교 학비가 그를 일찌감치 사회로 뛰어들게 했다. 어린 내 마음에도 '이건 아닌데'라는 생각이 들었다. 일찍이 보여준 자질에 어울리지 않게 똘마니들과 빈둥거리는 그의 행동거지는 낯설어 보였다. 그런 형의 모습이 내가 보기에는 난파당한 어떤 희망을 보는 듯했다.

그런데 어느 때부턴가 그의 모습은 물론이고 가족마저 우리의 시야에서 사라졌다.

알아본즉 빠듯한 살림 속에서 불편함을 견디지 못한 그의 동생이 강력 사건에 연루되었다. 흉기를 품고 부잣집 담을 넘은 것이다. 동생의 잘못일망정 자기 책임으로 받아들였을 품성을 지닌 형이었다. 정든 고향을 등지는 것으로 자신을 지켜준 고향에 대해 대속하려는 것이었는지, 동생을 품기 위해 부득이 고향을 버리기로 했는지, 돌연 잠적한 속내를 알 길이 없었다. 그는 학교에 심어놓은 자신의 모습만 남겨둔 채 운명이 들려주는 북소리의 행방을 쫓아 타향으로 넘어갔다. 우리에게 남은 것이라고는 그가 교정에서 들려준 우렁찬 구령 소리였다. 형의 아우에 대한 소문은 그 계절 내내 이 동네 다방과 저 동네 복덕방을 떠돌다가 더 큰 뉴스가 소재지로 반입되고 나서야 사라졌다. 뿌리 깊게 자리 잡은 고향을 소리소문없이 등지던 심정이 어땠을까. 그들이 소재지를 떠나던 날 내가 생각하는 것보다 훨씬 추웠을 것이다.

견고한 가난은 그의 꿈을 주저앉히고, 그의 동생을 사회로부터 격리시키고 급기야 고향에 깊이 박고 있던 일가의 뿌리마저 뽑히게 했다. 그의 삶이 뻗어나가려는 굽이마다 가난은 복병처럼 나타나 그의 덜미를 잡았다. 내일을 향해 야심 차게 청구한 그의 꿈을 가난이 기각한 것이다. 그에게 가난이라는 공간은 자신의 강도와 깊이를 알아볼 수 있는 실험실이었겠다. 내가 상상하기 어려울 정도로 그는 이를 악물고 견뎌왔을 것이다. 그가 우리 곁을 떠나기 전까지 가난이 그와 가족들에게 가한 테러를 지켜본 나는 뜻밖의 목격자가 되었다. 나는 그때 요한 형 일가의 잠적 사건을 통해 이 세계가 보여주는 강퍅한 성격을 어림잡게 되었다.

내 나이 중년이 되도록 그 일가의 후일담을 전해 듣지 못했다. 가난 앞에 굴복하지 않았다면 비범한 그는 가난 따위를 호령하고 있을 것이다. 하지만 그 일가에 대한 소문 한 가닥 없다는 것이 마음에 걸린다. 그의 뒤안길이 순탄치 못하다는 걸 유추해볼 수 있어서다.

사례금 만 원

선약이 있는 날이었다.

사무실을 막 나서려는데 문제의 노인이 상담차 방문하였다. 노인은 예고 없이 찾아왔다. 예약하는 손님도 있지만 대개 들쭉날쭉한 시골 사람들은 불쑥 찾아오는 편이다. 그래도 그들이 반가웠다. 사건을 물고 오기 때문이고 사건 속에는 일정한 보수가 동봉되어 있기 때문이다. 어쨌든 상기된 표정이 심상치 않다. 사건의 주인공으로 몇 번이나 출연했음직한 인상이었다. 아닌 게 아니라 고소를 하련다며 장황하게 털어놓았다. 물건값을 받아 갔으면서 체납하였다고 우기는 바람에 분쟁이 되었다는 것이다. 다행히 돈을 인출한 명세가 확인되고 목격한 이웃의 도움으로 사실관계는 가까스로 밝혀졌다고 한다.

해결되었는데 무엇 때문에 군이 고소하려고 하느냐고 반문했다. 노인은 발끈했다. 그간 누명을 쓴 것도 억울한데 잘못했다고 사과는 고사하고 변명으로 소문을 내는 통에 분해서 못 살겠단다. 섣불리 물러설 태도가 아니다.

법에 호소하려는 심정은 일면 수긍이 갔다. 논리적인 접근으로는 말릴 수 없을 것 같다. 노인은 고소가 절실히 필요한 것처럼 보이려고 애썼다. 하지만 내가 보기에는 고소를 포기하는 것이 노인에게 더 필요한 것으로 보였다. 고소를 통해 무엇을 얻을 것처럼 기대하고 있지만, 고소를 통해 더 많은 것을 잃게 되는 경우가 많다는 것을 노인은 모르는 것처럼 보였다. 실제로 잃어버린 돈을 찾기 위한 실무적인 고소라면 모른다. 하지만 분노를 해소하려는 방편으로써 고소는 자신의 감정을 이끌고 수렁 속으로 뛰어드는 것과 다름없다.

나는 단도직입적으로 도발적인 질문을 던졌다.

−내일 갑자기 해가 안 뜨면 어떻게 될까요?

무슨 뚱딴지같은 소리냐고 마뜩잖은 표정이다. 대답을 듣지 않고 내 방식대로 궤변을 이어갔다.

−일주일씩이나, 한 달 내내 해가 안 뜨는 일이 생긴다면 풀은 말라 죽을 것이고, 나무도 시들고, 사람들도 병이 생기며, 세상이 발칵 뒤집히겠지요?

그거야 당연하지 않으냐는 표정이다.

−올해 연세가 어떻게 되세요?

"나, 여든둘이여."

−1년 365일이니까 3만 일 가까이 되네요?

−3만 일 동안 하루도 해가 뜨지 않은 날은 없었지요?

노인은 조금씩 수긍하는 표정으로 변하는 듯했다.

"그거야 아주 고맙다고 속으로는 늘 생각허지."

─그런데 저 해와 달에게 빚지고 있다는 생각은 안 했지요?

날이 선 태도가 수그러들고 내 궤변에 솔깃한 태도도 바뀌었다.

─이제 그 빚을 조금씩 갚아야지 않겠어요?

─오늘처럼 억울한 생각이 들 때 눈을 감아주면 그 빚을 갚는 셈이 아닌가요?

노인은 아예 웃음을 내놓았다.

어처구니없다는, 그렇지만 극구 만류하려는 내 저의를 접수한 표정이었다.

"알았어. 듣고 보니 억울하게 생각할 일만도 아닌 것 같네그려."

"근디 바쁜 사람 붙잡고 상담했으니 그냥 말순 없고 상담료를 주고 싶은디."

─그러실 것 없고요, 그 사람들 만나 웃어버리시면 뺏은 시간 갚은 거로 칠게요.

고집이 만만치 않은 노인은 그대로 물러서지 않았다.

"아녀, 내가 그냥 가면 미안해서 잠 못 자. 국밥값이라도 받아야 편허단 말이여."

노인은 바지 속주머니에서 지갑을 꺼내 꼬깃꼬깃한 만원짜리 한 장을 책상 위에 올려놓고서야 돌아선다. 안 받으면 실랑이가 벌어질 테고, 약속 시각이 더 늦어질 테고, 그보다 잠을 편히 못 이룰 것 같다고 하니 양보할 수밖에.

내가 노인에게 늘어놓은 궤변은 내 주장이 아니었다. 갑자기 등장한 난제 앞에서 전전긍긍하면 나도 모르는 배후에서 말머리를 던져줄 때가 있다. 그날도 내 뒤의 누군가가 나에게 들려준 말이다. 나는 뒤에서 속삭이는 누군가의 말을 내 입에 담아 노인에게 들려준 것뿐이다. 노인에게 던져준 그 말을 노인이 덥석 물어서 낚인 것이다. 그런 날은 그 대목에서 내가 왜 이렇게 말하고 있지? 하고 말하는 내가 낯설 때가 있다. 그날도 그런 날이었다. 내가 전하는 말을 노인이 수긍하고 내 설득을 따른 건 내 뒤에 있는 누군가를 노인이 보았기 때문인지 모른다.

외상 합의

여름 동안 허락 없이
남의 담장을 기웃거리다
담장을 무단침입한 사과나무
가지에 차고 있던 사과를
벌과금으로 내놓는다

─「가을 법정」

조정할 사건 기록을 살펴보니 난감하다. 피해자와 가해자 모두 형편이 어렵다. 없어도 너무 없는 사람들이다. 조정이 불성립되면 재판에 부쳐질 사건이다. 감정으로 치달으면 합의는커녕 조정은 물 건너갈 판이다.

법으로 가는 길목에서 서로에게 차선을 양보하는 것이 조정이다. 마음을 열어 서로에게 왕래하는 다리를 놓아주는 일이다. 마음의 열쇠를 찾는 게 첫 번째 순서이다. 흉금 없는 대화를 통해 당사자의 마음을 열고 들어가면 해답이 놓여 있다.

조정은 사건에게 입은 상처로부터 가장 빠르게 회복되는 길이다. 소송으로 진행되면 될수록 서로의 상처가 그만큼 깊게 파인다. 조정은 번개처럼 종국적인 화해에 도달한다. 용서를 몸으로 체험하는 길이다. 상대방을 읽은 자가 자기를 열고 나와 먼저 손을 내민다. 상대방에게 읽힌 자는 손을 내밀 줄도, 내민 손을 잡을 줄도 모른다. 무턱대고 용서하는 것은 반대한다. 그러다가는 상처가 안에서 곪을 수 있다. 상대방의 적나라한 반성을 보여주도록 해야 한다. 적나라한 반성이 보이면 용서는 빠르게 나온다. 그런데 독자적으로 결심한 용서는 반성을 열 배는 더 끌어올린다. 용서하는 사람은 평화의 왕국을 건설한 군주와 같다. 반성하는 자를 백성으로 가진다. 모두가 바라는 평화의 주권이 자신에게 있다. 용서와 반성은 이복형제이다. 나오는 곳이 달라서 우애하기는 어렵다. 그러나 둘이 우애하면 동복형제보다 더 돋보인다.

피해자와 먼저 독대했다.

가해자에게 바라는 게 뭔지 물었다. 조정 자체는 호의적으로 받아들이면서도 쉽게 합의해주긴 싫다는 내색을 드러냈다. 망설이던 피해자는 털어놓았다. 돈이 욕심나는 건 아니지만 응징 차원에서 얼마간의 합의금은 받아야겠다고. 무거운 금액을 제시하기에 피해자의 형편을 알고 있느냐고 물었다. 원래 알고 지내던 사이라 어지간히 헤아릴 수 있다고 했다. 피해자가 제시하는 금액을 가해자가 준비할 만한 처지가 되느냐고 재차 물었다. 피해자는 슬그머니 액면을 낮추어 제시했다. 기록상 나타난 가해자의 처지로 본다면 낮춘다고 해도 구하기 어려운 금액으로 보였다.

굳이 돈으로 해결해야 할 직접적 손해가 발생한 사건은 아니었다. 정신적 손해를 물어주는 위자료 성격이었다. 돈이라는 합의금으로 응징을 하기보다, 사과의 당좌수표를 용서로 할인해주고 합의에 이르면 피해자가 더 당당할 수 있다는 점을 환기하게 시켰다. 그 경우 가해자는 두고두고 피해자에 대한 부채 의식에서 벗어나지 못한 채 평생 참회 속에서 보낼 것이다. 하지만 돈을 받고 합의를 해주면, 가해자는 어떻게든 마련은 하겠지만 피해자에 대한 부채 의식을 내려놓을 것이다. 오히려 가해자로서 도리를 다했다며 죄책감에서 벗어날 우려가 있다.

담담히 듣고 있던 피해자가 결심을 꺼냈다. 궁극적으로 바라는 건 진심 어린 사과와 반성이라고. 가해자를 상대로 사과와 반성을 담보할 수 있는 자필의 서약서를 받아줄 수는 있다고 했다. 다만 서약서를 받고 용서를 해줄 것인지, 응징 차원의 위자료를 전제로 합의서를 작성할 것인지, 선택은 피해자 몫이고 어떤 결정이라도 존중하겠다고 다독였다. 오래 망설이지 않고 피해자가 입을 열었다.

"당당한 길로 가고 싶어요."

가해자를 따로 불렀다.

피해자로부터 용서를 받지 못하면 재판 회부가 불가피하다고 설명했다. 합의금을 마련할 수 없다면 진심 어린 사과로 현금을 대신하라는 조언을 덧붙였다. 피해자에게 용서를 구할 기회를 달라고 가해자가 요청했다.

피해자와 직접 대면한 가해자는 90도 가깝게 머리를 숙이고 눈물로써 얼어붙어 있던 피해자의 마음을 두드렸다. 맞춤법을 어기는 졸필이고 어눌한 문장이지만 가해자는 자필로 또박또박 서약서를 작성했다. 가해자의 자필 서약서를 받아보고는 피해자가 내심 흡족해했다. 이번 일로 원수처럼 지내지 말고 옛날처럼 다시 지내자고 피해자가 먼저 제의했다.

뒤편에서 맺은 동지애

초등학교 육학년 때 '고추'에 털이 나기 시작했다. 정상적인 발육을 상징하는 남자의 증거물이었다. 하지만 몸의 이상한 변화에 나는 덜컥 겁부터 났다. 딱히 누구에게 물어볼 수 없고 누구도 가르쳐주지 않았다. 그런 부류의 질문은 '그따위'로 치부될 위험한 물음이었다. 성 의식이 개방되기 전 촌스럽던 그 시절 분위기가 그랬다. 자꾸 물어보면 이상한 아이로 분류될 판이었다.

그때 아버지는 오래전 입산했고 어머니는 아버지의 몫까지 감당하랴, 내 성교육 같은 건 챙길 여유가 없었다. 누나들은 나와는 다른 이성이었고 더구나 객지에서 드문드문 다니러 왔으므로, 은밀한 내 상담에 할애할 시간이란 남아 있지 않았다. 달리 붙잡고 생떼를 쓰며 속내를 털어놓을 상담역이 내겐 없었다.

갑자기 닥친 '음모'로 인해 단독자가 되어버린 나는 결국 혼자 고민해야 했다. 바지를 벗어야 할 때 되도록 하반신이 보이는 장면을 애써 피했다. 어떤 음모를 꾸미고 있는 것처럼 음모가 드러날까 봐 두려웠다. 도깨비 뿔이라도 가진 것처럼 자신을 스스로 이상한 아이로 규정했다.

궁리 끝에 없애는 쪽을 택했다. 이상한 아이의 증거가 될 싹을 쥐도 새도 모르게 인멸하는 것이다. 완전범죄를 꾀하면서 나는 범인凡人에서 용의자로 발돋움했다. 골방에서 몰래 가위로 체모를 잘라냈다. 그런데 뜻밖의 문제가 생겼다. 줄기가 잘려 나간 나무의 밑동처럼 다듬고 남은 체모가 사타구니를 가시밭으로 만들었다. 새로 자랄 때까지 움직이면 따끔거렸다. 따끔거리는 걸 들키는 그것조차 두려웠다. 이래저래 체모는 골칫덩이였다.

중학교에 갓 입학했다.

되도록 교실 뒤편에 자리를 잡았다. 대개 불량스러운 아이들이 뒤편에 앉는 편이지만, 뒤편에 거점을 둔 그들은 정규 과목에서 빠져 있으나 더 중요한 어떤 것들에 강한 면모를 지니고 있었다. 나는 그 애들의 말투와 태도를 눈여겨보았다. 그 애들 바지 속에 숨어 있을 체모를 상상하면서 성적인 방면에 귀동냥을 시도했다. 아닌 게 아니라 내 예상대로 들어맞았다. 나처럼 체모를 가진 애들이 뒤편에는 수두룩했다. 하지만 나와는 태도가 달랐다. 그 애들은 두려워하거나 고민하지 않았다. 오히려 자랑삼아 자기 체모의 제원을 발설하고, 화장실에서 내 체모의 정체를 알아낸 한 아이는 부러워하기까지 했다.

그로써 내 서툰 가위질은 중단되었다. 나에게도 성적으

로 담화를 주고받을 동지들이 생긴 것이다. 체모는 부끄러운 현상이 아니라 남자로서 체면을 세워주는 상징이란 걸 뒤편의 애들이 거들어주었다.

여자애들의 달거리처럼, 주기적으로 내 몸에서 일어나던 몽정이라는 것도, 그것이 진화한 자위의 성적인 통과의례도 뒤편의 동지들을 통해 공짜로 습득했다.

담임선생이나 공부 잘하는 애들은 뒤편의 아이들을 삐딱하게 바라봤다. 가지고 있다는 사실만으로 문제아로 낙인찍힐 수 있는 야릇한 책을 뒤편의 아이들은 한두 권씩 지니고 있었기 때문이다. 어두운 데서나 볼 수 있는 빨간색 책이었다. 성인들의 성기 사진이 실린 책인데 주로 여자들의 알몸이 적나라하게 묘사된 것들이다. 뒤편으로 이주한 나도 궁금증이 도졌다. 소심한 나는 솔직하게 보고 싶으니 달라고 보채지는 못하고 나보다 대범한 옆자리 아이가 구해 볼 때 어깨너머로 눈동냥이나 했다. 선생님이나 어른들은 도덕과 윤리를 파괴하도록 교묘히 꾸며낸 금서라고 압도적으로 그 책을 비난하는 분위기였다. 호기심, 그 이상도 그 이하도 아닌 것을 범죄시하며 몰래 숨어서만 훔쳐보도록 함으로써 오히려 호기심을 부추기도록 하였는지 알다가도 모를 일이라고 속으로 불퉁거렸다.

나이를 한두 살씩 더 먹어 조숙하게 보이는 뒤편의 아이들에게는 매우 귀중한 자료로 대우를 받는 분위기였다. 자위행위를 하는 데 필수적인 도구 역할을 톡톡히 해내고 있었기 때문이다. 그 무엇과도 비교할 수 없는 독보적인 재료였다. 책이 갖추고 있는 음란성은 아이들의 상상력 곁으로 다가가 은밀히 속삭이며 자위를 유혹했다. 자위행위를 죄악시하는 범생이들의 금욕주의도 빨간색 책 앞에서는 속수무책이었다. 빨간색 책 속에 있는 주인공 여자의 표정이 아이들을 화장실로 잡아끌었다. 빨간색 책을 알게 된 후 그것은 나에게 복잡한 세계의 일부가 되었다. 식구 중 누구에게도 말할 수 없는 또 하나의 비밀이 생긴 것이다.

반가운 죽음

시어머니를 전도하는 며느리
교회에 나가면 천국에 갈 수 있다고 목소릴 높인다.
돌아가신 아버님도 그곳에 계실 거라고.

듣고 있던 시어머니 정색을 한다.

-며늘아. 천국에 가면 늬 시애비 있다는디
-그 양반 다시 만나는 천국이라면
-내는 거기 안 갈란다.

-「탑승 거부」

상가에 다녀왔다.

고인은 금동 씨를 데리고 평생 수절한 과수댁 노인이다.
우리는 그녀를 '공주 할매'라고 불렀다. 몇 달 전 그녀의 외동
아들 금동 씨가 중병으로 몸져누웠다. 백수를 바라보는 그녀

가 자칫 자식을 앞세울까 봐 동네 사람들 걱정이 태산이었다. 먼저 가신 것이 얼마나 다행이냐고 이구동성으로 그녀의 죽음을 반겼다. 남은 몇 년을 아들에게 증여하고 떠났으니 호상이라는 것이다.

향년 97세의 공주 할매. 천석꾼 살림을 자랑하는 친척이 시골 장터에 세운 공장에서 금동 씨와 함께 잡일을 봐주며 공장 옆 사택을 본가로 삼아 근근이 살아왔다.

금동 씨에게는 배다른 동생이 하나 있었다.

이름은 돌림자를 써 은동 씨였다. 공장 주변을 맴돌고 지내던 우리는 그를 '은동이 삼촌'이라고 불러주었다. 그는 별로 말이 없는 편이었는데 그를 돌봐야 하는 공주 할매는 잔소리를 달고 살았다. 자신이 배 아파 낳은 금동 씨는 살갑게 대하지만 은동 씨는 들볶아대곤 했다. 비 오면 비 오는데 왜 늦잠 자느냐고, 날이 좋으면 날도 좋은데 왜 늦잠 자느냐고, 한창 잠이 쏟아질 젊은 은동 씨의 아침을 잔소리로 흔들어댔다. 그녀 특유의 높은 옥타브에서 만들어 내는 잔소리로 은동 씨의 게으름을 온 동네에 퍼뜨리며 그의 명예를 실추시키는 낙으로 살다시피 했다.

그녀는 그놈의 잔소리를 통해 앙갚음했는지 모른다. 의붓자식을 데려다 놓고는 일찍 저승으로 달아난 영감탱이에 대해, 자기가 낳은 새끼를 엉뚱한 그녀 품에 물어다 놓고 코빼기도 안 비치는 남편의 여자에 대해, 독수공방을 시켜온 지난 세월을 향해. 잔소리를 내뱉으며 그녀만의 상처를 치유했으리라. 거기에는 그럴 만한 이유가 있다. 은동 씨가 그녀의 잔소리를 피해 객지로 긴급피난을 한 뒤 그녀의 잔소리는 중단되고 말았으니까.

은동 씨와 같이 지내는 동안 그녀는 단 하루도 잔소리를 그치지 않았지만 은동 씨는 의붓어미인 그녀에게 침묵으로써 항변을 갈음하는 모습을 보였다. 잔소리라는 속사포로 날이면 날마다 난사를 당하면서도 은동 씨는 그녀의 공격을 맨몸으로 감수했다. 그렇게 함으로써 그녀의 자신에 대한, 자신의 어미에 대한, 저승으로 퇴각한 선친에 대한 빚을 은동 씨 홀로 청산을 해나간다는 듯이.

오랫동안 고향에 발길을 끊고 지내던 '은동이 삼촌'이 다시 우리 앞에 깜짝 출연했다. 저승으로 떠나는 공주 할매를 배웅하러 온 것이다. 모두가 반기는 죽음인데 은동 씨는 그녀의 죽음을 어떻게 받아들였을까. 여전히 그는 말없이 고향을 떠났다.

엄마라는 약속어음

기억하렴
네가 쓰러지지 않고
주연으로 조명받는 동안
막후에서
필사적으로
연출하는 뿌리가 있다는 것을

—「꽃에게」

  염광 씨는 과대망상 장애를 앓고 있다. 수년째 약의 도움을 받아 투병 중이다. 그는 오래전부터 현실 판단력에 장애가 생겨서 망상이 생기는 질환으로 치료를 정기적으로 받아오고 있다. 망상이란 현실에 맞지 않은 잘못된 생각이며 실제 사실과 다르고, 논리적인 설명으로 시정되지 않으며, 자신의 교육이나 문화적 환경에 걸맞지 않은 잘못된 믿음이나 생각이다. 그 병증의 정도가 심한 데다 공황장애까지 겹쳐 제대로 된 일

자리를 얻지 못한 채 일용직 노동자로 전전하는 처지이다. 보편적인 정신 상태가 파산해 금치산자에 가깝다 해도 과언이 아니다. 그의 아내는 오래전 아이들을 데리고 집을 나갔다. 제정신이 오락가락하여 가족의 부양을 포기한 그에게 여생을 맡길 수 없다는 이유였다.

부양받아야 할 노모가 면사무소나 파출소에 앞장서 가면 그는 꽁무니를 따라가 일의 끝을 본다. 남편과 아빠 노릇을 하는 게 평범한 사람에게는 소박한 일이지만 비범한 염광 씨에게는 이루기 어려운 꿈이다.

사리 분별이 어려운 염광 씨를 세상이 가만 놔둘 리 없다. 염광 씨는 사기꾼들이 선호하는 타입의 속칭 '바지'다. 그들의 먹잇감으로 제격이었다. '바지' 역할의 차주借主를 물색하던 사기꾼들에게 덜컥 걸려들고 만 것이다. 자기들 말대로 하면 금세 몇억을 챙길 수 있다는 허구를 염광 씨는 사실로 받아들였다. 그는 과대망상이라는 독방에 격리된 신세였다. 그의 판단력은 정상에서 낮은 위치에 있지만, 큰돈을 벌고 싶다는 욕망은 정상보다 훨씬 초월해 있었다. 그 점을 사기꾼들이 파고든 것이다.

사기꾼들은 정상적으로 사고가 어려운 그에게 접근하여 1년 정도만 고생하면 2억 정도를 벌 수 있다고 꼬셨다. 도장과 인감도장, 신분증을 주면 사업자를 만들고 통장을 만들어 등급을 올려준다고 거짓말하였다. 염광 씨 명의로 부실한 건물이 몇 채 등기되고, 외제 승용차 몇 대가 등록되었다. 자기 이름으로 건물과 자동차가 등록되는 게 신기했다. 그래봤자 은행에 담보물로 저당 잡혀 빈껍데기뿐인 사정을 헤아릴 만한 분별력이 부족했다. 그것들을 진성 담보처럼 꾸며 염광 씨 명의로 대출을 받은 다음 돈은 그들이 탕진해버렸다. 재주는 염광 씨가 부리고 돈은 사기꾼들이 챙긴 꼴이다. 평범한 염광 씨의 신분은 하루아침에 신용불량자로 강등되었다.

엎친 데 덮친 격으로 법원에서 소장이 날아왔다. 아내가 고액의 위자료를 부쳐 소송을 걸어온 것이다. 염광 씨의 배우자는 그가 집을 보유하고 차량도 몇 대나 소유하며 평안하게 생활하면서도 가족에 대한 부양 책임을 하지 않고 있다고 주장했다. 염광 씨 이름으로 등재된 건물과 자동차의 정체를 뒤늦게 알고서 혼자 호의호식한다고 여긴 것이다. 패씸죄가 적용된 소장에는 염광 씨가 파렴치한 가장으로 묘사되었다.

염광 씨는 어떤 희망도 품을 수 없게 되었다. 염광 씨 주변을 불행이 한꺼번에 포위하고 나섰기 때문이다. 우울의 빈도가 급격히 늘어났다.

그런 염광 씨를 마지막으로 지켜줄 '약속어음'이 있다. 바로 그의 엄마이다. 세상이 자신을 공격해올 때마다 염광 씨는 엄마를 어음처럼 할인해 써먹었다. 선친이 작명한 이름 염광鹽光처럼 그의 앞뒤를 조율하는 엄마가 염광 씨에게는 '빛과 소금'이다. 염광 씨가 그늘 속으로 웅크리면 엄마가 빛이 되어 그늘 밖으로 끌어내주었다. 엄마는 그가 숭배하는 우상이라고 해도 과언이 아니다. 그는 어디에서든 위험에 처하면 집 쪽으로 고개를 돌린다. 거기에는 그가 가장 의지하는 엄마가 있으니까. 그가 여태껏 만나온 사랑은 지속된 적이 없고, 불타오른 적도 없다. 하지만 엄마는 자신에 대해 지속해서 불타오르는 존재였다. 비틀거리는 그 때문에 엄마는 인생의 절반을 그를 바로잡아주는 데 바쳐야 했다. 엄마는 그를 최우선순위로 다루었다.

엄마의 일과는 염광 씨에 대한 염려로 가득했다. 아침에도 저녁에도 새벽에도 그의 오늘을 걱정하고 그의 내일에 대해 고민하였다. 엄마는 당신 자신에 대해서는 비관적이지만 그의 일에 대해서는 낙관적이었다. 모든 일에는 때와 장소가 있지만, 그에 관한 한 엄마에게는 때와 장소가 없었다. 그가 어두운 사건에 빠지면 엄마의 모든 지혜의 등이 켜지면서 그의 주변 전체를 밝게 비추었다.

이번에도 엄마가 나섰다. 사기꾼들이 내미는 설탕의 꼬임에 빠져 놀아난 염광 씨를 엄마는 소금이 되어 사기꾼들의 당분을 제거하고 삶에 맞게 간을 맞추어 줄 것이다. 염광 씨의 이생을 위해 엄마는 하느님이 약속으로 끊어준 어음이다. 엄마는 노구를 이끌고 경찰관서와 법원, 검찰청을 휘젓고 다닌다. 내 아들 골탕 먹인 놈들은 저승까지 쫓아 갈란다고 팔을 걷어붙인다. 초라한 행색의 염광 씨를 무시하는 관리들도 노구에 농성마저 서슴지 않는 노모 앞에서는 손과 발을 들게 된다. '나는 고장 난 신호등이라 당신들의 예절을 지켜줄 수 없다'고 들이대는 엄마를 세상의 어떤 계급도 감당하지 못한다.

엄마는 염광 씨의 눈물로 채운 만년필이다. 누구라도 엄마를 이용하려면 슬퍼할 각오를 다져야 한다.

울려라 종소리

초가삼간을 면한 함석지붕에 방이 세 개였다. 방이라고 해야 손바닥만 한 평수지만 큰방과 작은방, 골방으로 나뉘었다. 어머니는 나와 동생들을 데리고 큰방을 썼다. 형은 작은방을 쓰고 누나는 골방을 썼다. 나는 철이 조금 들자 작은방으로 재배치되었다.

형과 나는 어린 나이에 맞게 아침 늦게까지 잠을 잤다. 그런데 형제의 고요한 새벽을 흔드는 소리가 있었다. 용의자는 아랫마을 달원 씨였다. 동네에서 가장 먼저 일어나는 두부 장수다.

"땡그랑, 땡그랑"

종소리로 꽁꽁 언 새벽을 두드리며 근동의 골목을 순회하고 다녔다. 그 소리가 우리 집을 통과할라치면 형제는 귀가 번쩍 뜨여 영락없이 키득대다 남은 잠을 놓치곤 했다. 말 한마디 주고받지 않고 누가 먼저랄 것 없이 웃음을 교환하기 시작했다. 한번 터져 나오면 끝도 없이 두 장의 웃음이 방안을 굴러다녔다. 수십 년 지난 지금도 종소리만 들으면 달원 씨가 떠오를 정도이니 내 어린 날 추억의 일부는 달원 씨에게 빚을 지고 있는 셈이다.

그 시절 두부는 주요 반찬거리였다. 제사상에나 올리는 고기반찬 대신 풀밭 일색인 시골밥상에서 두부는 주연급 역할을 도맡았다. 달원 씨의 종소리가 활동하는 시간은 꼭두새벽이었다. 그는 제도권 밖의 무허가 장수였다. 예나 제나 돈이 오고 가는 직종은 반드시 등록이 필요하다. 하지만 세금까지 내기에 빠듯한 달원 씨네는 등록을 도외시하고 새벽 시간을 넘나들었다. 반면 윗동네 두만 씨는 허가를 내고 제법 요란한 규모로 두부집을 운영했다. 허가 난 그 집의 영업시간은 밤낮을 안 가렸다.

수가 틀리기라도 하면 달원 씨를 고발할 수 있는 두만 씨는 권력이었다. 달원 씨의 안위는 두만 씨한테서 나왔다. 달원 씨는 두만 씨 눈에 거슬리지 않게끔 낮을 등진 채 새벽 장을 뒤지고 다녔다. 그러니까 달원 씨가 내는 종소리는 새벽 거래에서만 통하는 암구호였다. 아침을 준비하는 골목의 아낙들에게 무면허 두부가 당도했다는 알람이었다. 우리 철부지에게는 키득거릴 소재에 지나지 않았지만, 그에게는 생계를 유지해주는 청신호였다.

달원 씨는 학교도, 버젓한 직업도 경험해본 적이 없는 가난뱅이 출신이었다. 어엿하게 내세울 만한 재산 하나 없는 그는 쉬는 법 없이 두부를 만들어 팔았다. 어쩌다 심부름으로 그 집에 가보면 집안 곳곳 함박눈처럼 두부가 쌓여 있었고, 나는 눈길처럼 그 두부를 내 눈길로 밟고 다니곤 했다.

　모든 소리가 잠들어 벙어리로 날을 새는 새벽에게 소리를 다시 돌려주던 달원 씨. 그 어둠의 깊이를 알 수 없는 새벽 앞에 복종하려고 세습된 노예처럼 고향의 새벽을 달원 씨가 온통 독점하고 있었다. 내가 다시 고향의 새벽 속으로 돌아가고 싶다면 바로 그 종소리를 듣고 싶은 욕망 때문이기도 하다. 현재를 바쳐야 할 정도로 가치가 있는 과거를 하나쯤 대라면 나는 주저 없이 우리 형제의 새벽을 깨우던 달원 씨의 종소리를 꼽을 것이다.

　그동안 나는 나만의 세계를 건설해 나라를 옮겨 다니며 깜냥껏 작업을 했고 때로는 구호를 외치기도 했다. 그러나 달원 씨의 종소리처럼 어느 한 사람의 캄캄한 잠도 깨우지는 못했다. 달원 씨, 그는 어린 날 나의 첫새벽을 깨우던 최초의 사람이었다.

지폐들의 표정

당신이 건네는 말 한마디는
버릴 게 없는 화폐다
나는 습득한 행운을 지불하고
입장 티켓을 구한다

—「엽서」중에서

류형이 떠난 지 7년 가까이 흘렀다. 제 목숨처럼 챙기던 아이들을 지상에 두고. 개나리 만발한 담벼락에 아이들을 세워놓고 사진 찍어주는 걸 즐기던 사람. 그는 아이들 유치원 담임의 배우자로서 인연을 맺었다. 사진 찍기를 좋아하는 그는 중앙 일간지 사진부 기자였다. 틈만 나면 시골에 내려와 아이들의 미소를 프레임에 담아주었다.

그러다 투병 중이라는 소식을 전해온 지 2년여 만에 가족의 병구완을 뿌리치고 유명을 달리했다는 비보가 날아왔다.

혼자 남은 류형의 아내는 주변의 동정과는 달리 예의 씩

씩한 모습으로 닥쳐온 시련을 잘 헤쳐나갔다. 그녀가 아이들의 교육을 위해 도회지로 이사하면서 우리와는 멀어지게 되었다. 간혹 전화로 안부를 전해오던 그녀로부터 수년 만에 듣게 된 각별한 우정은 잔잔한 파문을 일으켰다.

류형을 보낸 지 5년째 접어들며 모두 그를 잊어갔다. 어제의 아내였던 그녀마저 오늘의 생활과 맞닥뜨린 다툼으로 기일을 챙기지 못하고 지나가려던 참이었다. 류형이 떠난 지 딱 5주기가 되는 그날 밤, 떠나기 전까지 함께 지낸 동료 몇이 멀리 있는 길을 달려 불쑥 찾아왔다. 그들은 5주기를 맞아 왔노라고 하면서 동료들이 모아 만들어 왔다는 부조금 봉투를 내놓았다. 그녀가 한사코 사양해도 봉투를 내려놓더니 그들은 10주기에 다시 오겠노라고 말하고는 멀리 달려온 길을 되짚어갔다.

그들이 떠난 그 밤, 두고 간 봉투 앞에서 그녀는 하염없이 울었다.

자신을 두고 떠난 남편이 그리워 운 것은 아니다. 떠난 동료를 5년이 흐르도록 마음속에 붙들고 지낸 질긴 우정이 그녀를 울게 한 것도 아니다. 봉투를 채운 건 은행에서 찾아온 빳빳한 지폐가 아니었다. 동료들의 호주머니와 지갑에서 막 털어왔을 꼬깃꼬깃한 것들이었다. 그녀를 울린 주범은 바로 지폐들의 구겨진 표정이었다.

류형은 그녀에게 도착한 첫눈이었다. 첫눈에 반한 둘은 지상에서 하나가 되었다. 첫눈처럼 예뻐서 첫눈에 반한 그녀를 두고 혼자 녹아버린 눈사람처럼 류형은 어디로 숨었나.

부처님의 대위변제

사마리아 여인이 찾아왔다.

그녀는 택시를 운전하는 당찬 아줌마다. 기본 운임 3~4천 원을 모아 적금으로 붓고 그 목돈으로 홀몸인데도 두 아들을 대학에 보냈다.

그녀는 60대의 기성세대다. 온라인보다는 오프라인에 익숙한 세대다. 물질적이고 실질적이며 눈에 보이고 손에 잡히는 것에 집착하는 현금 세대다. 주식이나 보험보다는 낙찰계를 운영하고 사채 거래를 하여 비자금을 관리하는 세대다.

은행거래는 온라인으로 거래한 흔적이 남는다. 하지만 그녀가 선호하는 현금거래는 흔적이 남지 않는다. 기껏해야 차용증을 받아두는 정도이다. 차용증은 증거물로 써먹을 만큼 용의주도하게 받아야 하지만 대충주의와 적당주의가 판을 치는 시골 읍내에서 받으나 마나 한 차용증을 받아둔 게 분쟁의 원인이 되고 말았다.

그녀가 들려주는 사정은 답답했다.

지인에게 돈을 빌려주었는데 갑자기 그가 목숨을 끊어버렸단다. 현금으로 빌려준 데다 차용증에는 금액과 이름 정도만 달랑 적었다. 주소나 주민등록번호는커녕 서명 날인도 빠졌다. 서로 믿는 사이라 형식적으로 받아놓은 거였다. 갑작스럽게 그와 사별한 상속자를 찾아가 여차여차 돈을 빌려준 자초지종을 알려준 다음 갚아달라고 요청했다. 고인의 배우자는 일언지하에 거절했다. 차용증이 부실한 데다 빌려준 근거도 뚜렷하지 않아 믿을 수 없다는 거였다.

그녀는 마이너스 통장의 잔고에서 빌려준 돈이라 연체이자가 늘어날까 봐 우선 상환해버린 터였다. 상속인이 갚아줄 수 없다니 억울하고 속상하다며 하소연을 늘어놓았다. 법적으로 구제받을 방법이 있느냐고 자문했다.

소송으로 다투기에 소명은 부족하고 죽은 사람은 말이 없다. 상속자가 부인하면 재판을 해도 승소를 담보하기 어려운 사건이다. 괜한 상처만 입을 것이 우려되니 소송은 피하는 게 좋겠다고 말렸다. 대신 위로의 대안을 제시했다. 먼 길 떠나는 고인이 가장 믿을 만한 인연이라 노잣돈으로 빌려 간 것 같다. 나중에 저 생에 가서 갚아주면 그때 받도록 하고 이생에선 소멸시키면 어떻겠냐고. 마침 절에 다닌다고 했다. 그렇다면 부처님은 모른 체할 만큼 인색하지 않다. 극락 가는 노잣돈으로 외상을 졌으니 우리가 모르는 방식으로 어떻게든 갚아줄 것이다. 그러니 이제 마음의 소멸시효를 마친 것으로 여기시라.

"그렇게 생각허니 눈물 날라고 허네요."

그녀는 마음을 비우겠다고 약속을 하고 돌아갔다.

한동안 소식이 없던 사마리아 여인이 다시 찾아왔다. 놀라운 일이 터졌다고. 저번에 돌아간 뒤 좀처럼 가지 않는 어떤 골목을 지나는데 택시를 기다리는 그 배우자가 눈에 띄더라는 것이다. 마음을 비운 터라 담담하게 아는 체를 하고 차를 태워준다고 하자, 그 상속인이 뜻밖의 말을 던졌다. 출가한 딸 내외가 그 차용증에 얽힌 사연을 듣고는 대신 갚아줄 테니 걱정하지 말라고 하였단다.

어떻게 우연히 그곳을 지나가게 되었는지, 어떻게 거기서 그 배우자를 만나게 되었는지, 그 우연한 사건 속에서 내 얼굴이 떠오르더라는 것이다.

과연 그녀는 우연히 그곳을 지나간 것인가? 그 상속인을 우연히 만난 것인가? 마음을 비우기로 작정하니 부처님이 해결사로 나선 것이라고 믿으면 안 되는가?

사마리아 여인은 그렇게 믿는다고 했다. 나도 그렇게 믿는다고 했다. 보이는 것이 다는 아니다.

즐거운 우리 집

연수는 할머니 댁에서 지낸다.

거동이 불편한 막내를 엄마가 돌보는 동안 집에서 멀리 떨어진 시골 할머니에게 위탁된 채 조손가정처럼 생활하다시피 했다. 자기보다 몇 배는 더 사랑이 필요한 장애인 동생의 예외적인 사정을 어린 나이에 알아버렸다. 철이 든 연수는 어린아이답지 않게 군다.

연수의 무거운 철 뒤로 그만큼 두꺼운 그늘이 생겼다. 아무리 엄마의 사랑을 동생과 공유할 수 없는 사정을 참작하더라도 연수가 받아야 할 사랑의 몫이야 따로 있는 법. 그렇다고 자기에 대한 사랑의 지분을 엄마에게 섣불리 청구할 수 없는 처지를 알고 있다.

할머니와 지내는 동안 연수의 방과 후 활동도 시골 학교에서 치른다. 연수의 목마른 사랑은 그림 속에서도 여실히 드러났다. '즐거운 우리 집'으로 제출한 연수의 풍경화 속에는 불모지나 다름없는 사랑의 작황이 보인다.

화폭의 거실 속에는 엄마와 동생만 있다. 연수는 문밖에 서 있다. 그것도 홀로 서 있다. 현관문은 문고리마저 없는 채로다. 밖에서는 열 수 없는 문을 달아놓은 것이다. 안에 있는 식구 중 누군가 열어주어야만 들어갈 수 있는 문이다.

풍경화 속에 홀로 서 있는 연수가 우리의 마음을 소리 없이 두드린다.

세월에 몰수당한 슬픔

희숙 씨는 호적상 내 누님이다.

내 어머니의 셋째 딸이다. 중년이 되어 선친의 제적등본을 뒤지다 뒤늦게 알게 되었다. 어머니는 그 누님에 대해 한번도 발설한 적이 없다. 호적상으로 세 살 때 죽었기 때문인지. 지상에 발자국만 잠깐 찍고 떠난 영혼인데 육친 중 누구도 그녀를 챙겨주지 않는다.

처음 그녀를 잃었을 때 어머니는 필시 식음을 전폐했을 것이다. 그런데 지금 어머니에게 그녀의 존재는 안중에도 없다. 언급조차 하지 않는다. 슬픔의 목록에서 누락된 것이다. 자꾸만 밀려드는 새로운 슬픔이 쌓이면서 어머니는 슬픔의 목록에서 그녀를 빼내야 했을 것이다. 한꺼번에 보전하기에는 슬픔의 목록이 너무 차서, 어머니가 가진 사건의 용량으로서는 불가피한 선택이었을 것이다.

그녀를 잃고 어머니가 오열할 때 할머니는 그랬을 터이다.

"에미야 세월이 약이다."

실감하지 못했을 것이다. 그때의 어머니는. 극구 부인했을 것이다. 할머니의 예언을. 이 슬픔 절대 가시지 않을 것이라고. 하지만 시간은 묵묵히 흘러 어머니에게 증명해 보였다. 거대한 슬픔도 시간이 깎아먹으면 무너진다는 것. 질기고 질긴 슬픔도 시간이 야금야금 씹어먹으면 어느 땐가는 녹아버린다는 것.

어머니의 유일한 자매, 이모가 위독하다는 전화를 받았을 때의 일이다. 이모와 임종을 하기 위해 참석할 수 있으면 빨리 오라는 다급한 연락이었다. 나는 잠시 망설였다. 어머니에게 임종하시게 해야 도리인지, 임종으로 힘들게 하느니 돌아가신 후 모시고 가는 편이 나은지를 결정하지 못했다.

생각 끝에 당신의 언니 일이니 스스로 결정하는 게 도리일 것 같아 일단 어머니께 알렸다. 그런데 뜻밖에 어머니는 담담하게 나왔다. 언젠가는 올 것이 오고야 말았다는 투였다.

"갈 때 가더라도 밭일은 마저 하고 가야 쓰겄다." 어머니에게는 임종으로 인한 슬픔을 돌보는 일보다, 텃밭에 파종하는 일이 우선순위를 차지하고 있었다. 인생의 백전노장다운 태도였다.

그동안 어머니를 방문한 슬픔에게 어머니는 도구이고 창고였다. 슬픔은 각자의 방식대로 어머니 안에 저장되어 있다가 유효기간을 넘기면 출고되어 어디론가 사라졌다. 슬픔은 어머니 안에서 어머니를 괴롭히고, 때로는 어머니를 눕히고, 어머니의 한을 숙성시키는 재료로서 역할을 다했다. 사용 연한을 다하면 서서히 소멸하는 슬픔은 어머니의 삶에서 필요한 소모품이었다.

의뢰인들

슬픔은 수령하되 눈물은 남용 말 것
주머니가 가벼우면 미소를 얹어줄 것
지갑과 안전거리를 유지할 것
침묵의 틈에 매운 대화를 첨가할 것
　　　　　　　　　－「하루 사용법」중에서

　소액의 소장을 송달받은 B선생이 찾아왔다. 답변서를 내
주면 승소 가능성이 크니 걱정하지 말라고 조언을 했다. 피고
는 소액 사건인데도 굳이 그 돈을 다 쓰고라도 변호사를 선임
해 상대에게 소송비용의 부담을 주고 싶다고 고집을 부렸다.
변호사를 면담하고 오더니 막상 선임료 지급을 두고는 뜸을
들인다는 후문이다.
　소송에서 감정적 대응은 금물이다. 자고로 감정에 심취
한 사람은 실패에서 벗어날 수 없다.

붕어빵을 굽는 미애 씨는 마음을 터놓고 지내던 후배가 친구와 사이에 끼어 이간질하는 바람에 십수 년 우정이 깨졌다고 하소연했다. 친구와 화해를 시도했으나 후배가 중간에서 다시 이간질하여 그마저 무산되었다고 분통을 터뜨렸다. 험담하고 다니는 그 후배를 명예훼손으로 소추하고 싶으니 으름장을 놓는 통지서를 써달라고 의뢰했다. 그녀의 후배는 말을 옮길 때마다 포장과 윤색에 공을 들이는 위인이다.

후배 때문에 친구와의 봄을 일찍 날려 보낸 그녀는 겨울을 보내고 있다. 따뜻한 가을 햇살 옆에 있어도 그녀는 추워 보인다.

화물차를 모는 성실 씨는 가난하지만 아내와 알콩달콩 살아가던 가장이다. 그의 아내가 목돈을 왕주에게 곗돈으로 떼이며 알코올 중독자가 되었다. 심지어 알코올 전문 병원에 입원한 전력도 있다. 얼마 전 그는 음주운전으로 면허가 취소되었다. 음주운전에 상당한 사유가 있다고 그는 항변했다. 집에서 멀리 떨어진 시골에서 동료들과 마신 술을 깨고 가려고 숙소에서 쉬고 있었다. 그런데 아이에게서 다급한 전화가 왔다. 엄마가 술에 취해 무슨 일이 날지 몰라 무섭다고. 아내는 만취하면 자해를 하는 버릇이 생겼다. 고층 아파트에 남아 있는 아이가 걱정되어 그대로 있을 수 없었다. 읍내에서 먼 오지라 택시를 불러도 오지 않을뿐더러 온다고 하더라도 시간이 오래 걸리는 상황이었다. 그는 우선 아이를 구하려는 일념으로 차를 몰았다. 아파트에 도착해 부모가 있는 본가로 아이를 데리고 가려는데, 취한 아내가 아이의 인도를 거부했다. 아내의 대항을 뿌리친 채 아이를 데리고 본가로 향했다. 그러는 사이에 화를 다독이지 못한 아내가 112로 그를 신고해버렸다.

그는 몇 달째 면허취소를 회복하려는 소송에 매달리고 있다. 하지만 희망이 안 보인다. 법의 행간에서 진실이 울먹이고 있다.

소액 사건에서 승소한 D가 사례금 대신 배 한 상자를 보냈다. 유기농법으로 키운 것이라고 자랑했다. 먹고 나서 꼭 주문하고 홍보도 해주겠다고 약속했다. 배를 보내는 마음을 생각하자 안 먹어도 배가 불렀다.

사촌이 땅을 사면 배가 아프지만, 이웃사촌이 배를 보내주면 배가 부르다.

변경등기를 신청한 F에게서 전화가 왔다. 다음 주 딸깍발이랑 셋이서 밥 한 끼 하자고. 밥값은 자기가 내련다고 미리 못을 박는다. 지갑을 곧잘 열 줄 아는 그는 웃음이 일품이다. 그는 어디에 묻혀 있어도 지갑만은 발견될 것이다.

지갑이 열리지 못하면 결코 주변의 사람을 가질 수 없다.

반려된 영장

20여 년 전으로 거슬러 간다. 현직에서 겪은 일이니, 시효가 다 지난 일이다. 보존기한도 다하여 벌써 기록마저 폐기되었을 사건이다.

지방에 소재한 한 경제조직형 기관에 금융 비리가 누적되었다. 지역의 시민단체와 지역 언론사가 집중 취재하여 지역 신문에 연재되고 있던 모양이다. 그런데 다른 사건들에 둘러싸여 내가 속한 수사팀은 모르고 있었다. 우연히 알게 된 기자가 제보해주었다. 연재 중인 관련 기사를 정독해보라고. 입수해 살펴보니 아닌 게 아니라 수사의 단서로 삼을 만큼 상당한 자료가 축적되어 있었다. 신문 기사 내용만으로 내사에 착수해도 될 정도였다.

법률검토를 마치고 곧바로 내사를 거쳐 정식 수사에 착수했다. 알고 보니 여러 계통에 걸쳐 발생한 대형 경제 사건으로 간부들의 업무상배임 혐의가 속속 드러났다. 그중 한 기관을 시범적으로 사법처리하는 수순에 들어갔다. 중형이 예상

되고 증거인멸 우려가 농후하여 신병 확보를 위해 구속영장을 신청했다. 피의자의 소재를 파악하려고 대기 중인데 돌발 상황이 발생했다. 법원에 청구한 영장이 반려(?)된 것이다.

청구한 영장에 대해 법원이 할 수 있는 건 둘 중 하나였다. 발부하거나 기각하거나. 그런데 반려라는 기이한 일이 터진 것이다. 알고 본즉 당시 여당의 지역 핵심 인사가 청내 수뇌부에 청탁하였다. 영장이 청구된 그 간부는 여당의 지역 선거를 관리하는 핵심 조직책의 배우자였다. 강단이 센 L 검사는 이미 법원에 영장을 청구하여 선택의 여지가 없다고 청탁을 거절하였다. 그러자 그 여당 인사는 포기하지 않고 법원까지 쫓아가 영장을 찾아왔다. 있을 수 없는 일이 벌어진 것이다.

그때는 여당의 권세가 하늘을 찌를 때였다. 어처구니없는 상황에 직면한 우리 수사팀은 분기탱천했다. L 검사는 흥분한 수사관들을 다독였다. 자기에게 묘안이 있으니 후일을 도모하자고 암시를 주었다. 그때까지 중요한 단서를 제보하며 응원을 해오던 시민단체와 기자는 내게 비난을 퍼부었다. 그 간부가 아예 불구속 처리된 줄 알고서, "그럴 줄 알았다"라며 수사팀의 의지에 의심을 품기에 이르렀다. 계면쩍은 나는 딱히 다른 변명을 내놓지 못했다. 다만 기다려보라고 여지를 남기는 언급을 건넸을 뿐이다.

그동안 수사팀은 그 간부에 대한 혐의를 입증하는 데 필요한 자료를 촘촘히 보완했다. 영장의 반려라는 촌극이 벌어진 후, 시간이 흐르며 그 간부에 대한 혐의가 더 구체화되었다. 재차 영장이 정식 청구되면 기각되는 일이 생기지 않도록 철저히 대비했다. 그로부터 한 달째 되는 날 새벽을 D데이로 잡았다. 출근하는 그를 전격적으로 긴급체포함과 동시에 사후 구속영장을 청구했다. 법원은 혐의가 충분히 구증된 그에 대해 시간을 지체하지 않고 영장을 발부했다.(그때만 하더라도 영장실질심사 제도가 도입되기 전이다.) 그의 든든한 배경인 여당 인사가 손쓸 틈을 주지 않고 최대한 신속히 처리해버린 것이다. 그는 결국 구속기소가 되었고, 법원에서 실형을 선고받았다. 아울러 시민단체와 언론사의 우리 수사팀에 대한 신뢰도 회복되었다.

그 간부의 구속을 계기로 나머지 기관을 차례로 대대적인 수사를 벌여 혐의자를 대거 구속기소하고 모두 실형이 선고되었다. 그 사건에서 만일 그 간부를 사법처리하지 않았다면 수사팀에 대한 신뢰는 바닥나고 형평성 문제까지 대두되어 나머지 기관들에 대한 확대수사도 힘들었을 것임은 자명하다.

그 대형 사건을 계기로 그 기관은 내부 점검을 철저히 실행했다. 특별감사 결과를 토대로 고질적 비리를 예방할 수 있는 시스템으로 제도와 법령을 정비하는 단계까지 이르렀다는 후문이다.

대형 비리나 기득권 세력이 연루된 사건일수록 사건 관계자들은 저마다 갖은 인맥을 동원하여 압력을 넣거나 별의별 짓을 서슴지 않았다. 돈 봉투를 품고 몰래 접근해 회유를 시도하는 건 기본이었다. 지인과 친인척을 통한 막후의 뒷거래 시도도 빼놓을 수 없다. 그럴 때 위로부터의 외압이나 요란한 빽은 주임검사가 막아주었다. 그는 정무 감각이라곤 찾아볼 수 없는 강골이었다. 그밖에 회유와 청탁은 담당 수사관이 감내할 몫이었다.

당시 수사관에게 수사수당으로 별도 지급되는 건 한 달에 고작 10만 원 내지 20만 원 수준이었다. 믿거나 말거나지만 정보를 수집하는 용도의 국밥값이나 커피값을 메우기도 힘든 액면이었다.

*

사건의 진상을 파악하는 데 이성만으로 바라봐서는 부족했다. 때로 상상력과 직관이 작용하기도 했다.

기소하는 단계에서는 사실이 중요하지만, 수사하는 과정에서는 사실관계 못지않게 상상의 조력을 받곤 했다. 합목적적 활동인 수사에서는 지식 못지않게 상상력을 필요로 했다.

참을성 있게 시간에 투자하는 만큼 관찰력은 제고되고, 그렇게 쌓이는 관찰력은 곧 수사력에 반영되었다. 수사는 참을성이 많은 관찰자에게 성과를 안겨주었다.

진실에 더 가깝게 접근하려는 작업이라는 점에서 수사는, 시적詩的인 요소를 갖고 있었다. 최종 목적지가 진실이고, 거짓말을 매개로 삼는다는 점에서도.

환자가 되어보는 체험의 여부가 뛰어난 임상의를 만들 수 있는 것처럼, 범인이 되어 보는 응용력, 용의자가 되어보는 것은 쓸 만한 수사관을 만드는 요소 중 하나였다.

—
4부
—

나의 평자 評者

나는 딸아이에게 산문 몇 편을 낭독했고 의견을 물었다. 그리고 주의 깊게 그녀의 이야길 들었다. 그런 다음 그녀에게 ○를 받은 건 남기지만 △와 ×를 받는 건 가차 없이 버렸다.

그녀는 아직 미혼인데 아파트를 얻어 독립해 살고 있다. 그녀의 특기는 냉장고 정리 안 하기와 청소 안 하기다. 그녀가 우리 집을 방문하면 극진히 응대해야 한다. 자칫 서운케 하면 큰일이 생길 수 있다. 본가 재방문을 거부할 수 있는 것이다. 그녀가 그렇게 한다고 선언한 적은 한 번도 없지만, 경험치에 따른 눈치로 느낄 수 있다. 나는 어지간하면 그녀를 역까지는 동행해준다. 그곳으로 가면서 아무도 몰래 약간의 용돈을 찔러준다. 그녀는 고맙다고 하면서도 거절하는 경우는 드물다.

그녀를 처음 만난 지 28년이 지났지만, 마치 오늘처럼 뚜렷하게, 방이 둘 딸린 셋방에서, 이 험한 세상에 그녀가 막 도착한 그 날 아침을 잊을 수가 없다. 그녀는 우리에게 울음으로 도착 성명을 발표했다. 우리는 난생처음 서로 포옹을 했다. 내가 그녀를 안아주었다기보다는 그녀의 부신 눈빛으로 내가 위로를 받는 기분이었다.

　나는 가끔 아니 때때로 그녀가 부럽다. 내가 이수하지 못한 아버지를 그녀는 정규과목으로 학습하기 때문이다. 나는 그녀의 학습 과정을 통해 아버지라는 과목을 맛보곤 한다. 내게 아버지의 청강생으로 기회를 준 그녀에게 나는 빚을 지고 있는 셈이다.

　여느 어버이처럼 모두가 하는 합창에서도 그녀의 목소리만은 나도 금방 알아들을 수 있다.

유일한 단서는 가난

오늘 나는 임의로 제출되었다
누구도 나를 펼쳐보지 않아
집으로 반품되는 중이다
　　　　　　－「즐거운 세일」 중에서

　경애 씨는 말단 종업원이다.

　을로 선택된 그녀는 자신에게 할당된 주야간 대부분을 송두리째 사장인 갑에게 바쳤다. 그러는 사이에 나이보다 몸이 더 늙어버렸다. 몸보다 마음이 더 늙어버렸다. 마음보다 희망이 늙어버렸다. 그녀가 아직 젊음을 유지하는 항목은 양심이다.

　일하는 사업장에 드나들던 손님이 돈을 잃어버렸다. 사장부터 종업원까지 모두 용의선상에 올랐다. 범인을 색출한다고 뒤숭숭하더니 갑자기 그녀를 불러 해고를 통보했다. 대놓고 말을 안 했지만 그녀를 유력한 용의자로 지목한 것이다.

종업원인 그녀가 도둑이라는 증거는 하나도 없었다. 그녀가 살아온 과정을 아는 사람이라면 그녀가 한 번도 남의 것을 훔칠 위인이 못 된다는 것을 안다. 하지만 가난으로 인해 넘치는 의심과 눈총에 파묻힐 정도가 되었다.

유일한 단서가 있다면 경애 씨가 속해 있는 가난이다.

가난은 그녀의 관할구역이고, 주요 경력이었다. 가난은 그녀의 과거이고 현재이며, 미래도 그녀를 점유하고 말 것이다. 그녀는 가난과 하나가 되어 있다. 가난을 벗을 때가 딱 한 번은 있다. 꿈속에서다. 가난은 그녀에게 꿈과 현실을 구분하도록 도와준다. 아무리 달려봐도 도착해보면 가난하고 돌아보면 가난한 기억뿐이다. 그녀는 가난을 보전하기 위해 태어난 사람처럼, 가난이 멸종될까 봐 그것을 지키기 위해 선택된 개체 같다. 가난한 그녀가 집을 옮겨 다닐 때마다 늘어난 건 주소 변동 내역이었다. 덩달아서 자존감은 크기가 자꾸만 줄면서 바닥과 가까워졌다. 그녀는 가끔 자기를 점검해보는데 자기처럼 가난에 충실한 이도 없는 것 같다.

그런 그녀를 뺀 나머지 사람들이 합세하여 그녀의 가난을 타고 넘어가 그녀에게서 결백을 털어간 것이다. 부당한 처사에 항의나 아쉬움을 표명하는 건 근로계약에 없는 항목이었다.

사장은 그 자신도 사람이지만 돈을 사람보다 우위에 두고 있다. 필요하면 사람은 버려도 돈은 버리지 않을 위인이다. 쓸모가 있고 없고의 기준을 사람이 아니라 돈으로 삼았다. 사장이 처음 회사 문을 열 때는 이윤의 공범 수준이었다. 개업 10주년을 맞이했을 때 그는 자신도 모르는 사이에 이윤의 주범이 되었다.

용의자로 몰린 경애 씨가 당돌하게 스스로 경찰에 찾아갔다. 해고도 해고지만 도둑놈 취급받는 건 실직보다 싫었다. 출입자를 전수조사하여 자신의 억울함을 밝혀달라고 하소연했다. 하지만 경찰의 협조 요청을 받은 사장은 단박에 거절했다. 경찰이 조사를 진행하다 보면 소문이 날 것이고, 거래처가 끊기는 것을 우려한 것이다. 매출을 우선시하는 사장에게 이윤에 걸림돌이 되는 종업원은 한낱 소모품이었다. 돈을 물어다 주는 고객이야말로 사장이 섬기려는 왕이다. 가난한 종업원에게는 법의 문턱도 높았다. 가난을 이유로 범인의 반열에 오른 종업원 경애 씨, 그녀는 일자리를 잃고 사건은 미제로 남았다.

그녀는 자신의 삶을 사다리의 맨 끝에서 시작하였다. 올라간다고 애를 썼지만, 여전히 사다리의 맨 끝에 있는 자신을 발견했다.

삶의 이면

한 선배가 타계했다는 부고를 받았다. 삼 년 전 발병하였
는데 의연하게 극복하고 있다는 소식을 들은 터였다. 그런데
일주일 전, 시한부 선고를 받았다더니 어제 급보를 전해온 것
이다. 전언에 따르면 끝까지 죽음을 못 받아들여 가족까지 힘
들었다고 한다.

나는 죽음을 꺼내본다. 실체가 없으니 관념의 죽음일 따
름이다. 세상에서 죽은 사람은 있어도, 이 세상 누구도 죽어본
사람은 없다. 죽음을 말하는 우리는 죽음을 경험하기 전의 진
술이다. 그러므로 죽음에 관한 모든 발언은 가설에 불과하다.
본래 아무것도 없었는데 어떤 계기로 무엇을 소유하게
되었다. 또 어떤 경위로 그것을 잃게 되면 빼앗긴 것처럼 서
운하고 속상하다. 아무것도 없던 본래의 상태로 돌아가는 데
도 억울하다. 물건의 소유와 포기로 인한 마음의 향배가 이렇
거늘 하물며 내 것으로 알고 평생 가지고 있던 삶을 내놓아
야 한다면….

죽음은 멀리 있는 것이 아니라 항상 대기 상태이다. 삶을 접수하기 위해 늘 주변을 서성거리는 실시간 민원이다. 언제라도 접수할 수 있도록 24시간 철야 만근하며 대기 중인 당번이다. 그러나 나는 마치 삶이 기한 없이 보장된 피허가자처럼 죽음의 동의나 승낙 없이 천 년쯤 살 것처럼 계획하고 만 년쯤 살 것처럼 실행하고 있다.

　　　표면인 삶의 이면에 있는 죽음. 백지라서 볼 수 없고 침묵이라서 들을 수 없는,

*

친애하는 율라

당신도 알고 있겠지만, 나는 한때 당신을 너무나 사랑했습니다. 그리고 죽음을 앞둔 지금도, 내 인생의 가장 큰 선물은 당신으로 인해 아팠던 순간들입니다. 그러니 인사는 이것으로 충분하지 않을까요.

―당신의 발터로부터

* 발터 벤야민 평전에서 인용.

안경을 수배하라

내 건망증의 역사는 길다. 소변을 보러 가다가 딴생각에 빠져 화장실 앞에서 돌아선다.

'내가 왜 여기 서 있지?'

안경을 손에 들고 신문을 펼쳐 든 채 안경을 찾고 있는 나를 여러 번 목격했다. 연필을 들고 시집을 뒤적이다가 도망간 연필 찾는다고 온 방을 뒤지는 장면을 수시로 연출한다. 휴대전화를 들고 전화기를 찾고 있는 나는 낯익은 모습이 되었다.

나는 어제를 살았던가. 어떻게 오늘 여기에 살아 있지? 나는 어디서 태어나 언제 이 나이까지 도달했지? 나 자신을 잃어버린 지는 오래다. 이제 잃어버린 나를 찾고 있는 나마저 잊어먹으면 내 건망증은 완성된다.

상담 중 안경을 써야 할 것 같아 안경을 찾는 데 없다. 책상과 의자, 바닥까지 샅샅이 훑어도 자취를 감춘 안경.

"귀신 곡할 노릇이네."

혼잣말하자 마주 앉은 상담객도 고개를 끄덕인다.

자세를 고쳐앉아 문서를 읽어 가는데 잘 보인다. 실종된 안경이 코 위에 걸쳐 있다.

나의 행태를 지켜보며 어이없었을 안경, 나도 나를 믿을 수 없게 되었다.

안경이 혼잣말하고 있다.

"세상에 믿을 놈 하나 없네."

(와중에 고개를 끄덕인 고객은 또 뭐냐고)

'남이'의 소재를 아는 분 연락 바람

남이를 처음 만난 곳은 성당이다. 청소년분과 소임을 맡고 있을 때였다.

여름방학을 맞아 진행한 행사에서 아이들을 인솔하고 출발하는 날이었다. 대부분 가정에서 엄마들이 환송을 나왔는데 남이만 할머니가 나왔다. 할머니는 남이를 잘 돌봐달라고 몇 번이나 부탁하였다.

행사장에 도착해 프로그램을 진행하는 동안 할머니의 당부가 떠올라 녀석을 아무래도 더 유심히 지켜보게 되었다. 갖은 말썽으로 혼쭐나던 여느 아이들과 달리 남이는 협조적이고 진지하게 프로그램에 참여했다.

그렇게 우리의 인연은 시작되었다.

청소년분과 소임을 그만둔 후에도 우리는 서로를 곧장 알아보고 반갑게 인사를 나누는 사이로 발전했다. 용돈이나 하라고 지폐 한 장을 쥐여주면 겸연쩍은 표정으로 할머니에게 갖다준다던 아이였다. 남이는 고목인 할머니 곁에 붙어사는 매미였다.

그런데 연로한 할머니는 노병으로 자주 시야에서 사라졌다. 남이의 모습도 함께 눈에 띄지 않았다. 오랜만에 다시 남이가 나타났다. 할머니는 요양병원에 계신다고 했다. 나와 인사를 나누고는 곧장 돌아갔다. 단지 내 얼굴 한 번 보고 가려고 두어 시간을 혼자 기다린 것이다.

그다음 주일에도 역시 남이가 기다리고 있었다.

아픈 할머니 때문인지 남이의 주변에 그늘이 우거져 있었다. 무엇인가 힘이 될 나무 같은 말을 녀석의 맹지에 심어주고 싶었다. 평소 신부님을 선망한다는 남이의 말이 생각났다.

"남이야, 니가 나중에 신부님 되어 있는 상상을 해봤어."

남이가 그늘을 제치고 반색했다.

"나 같은 사람도 정말 신부님이 될 수 있어요."

나는 조금 안심이 되었다.

"그럼, 당연히 신부님이 될 수 있고말고."

남이의 얼굴에서 그늘이 걷혔다.

"그럼 저도 한번 생각해볼게요."

그다음 주일에도 남이가 기다리고 있다가 달려와 안겼다.

"생각을 많이 해봤는데요. 신부님이 되기로 맘을 먹었어요."

남이는 잠시 생각에 잠기는 듯하더니,

"근데 제가요. 어디 다른 데로 이사를 할지 몰라요, 전화번호를 알려줄래요?"

엄마 아빠랑 함께 다른 고장으로 집을 옮기게 되었다고

했다.

전화번호를 적어주면서 이사 가는 곳에 도착하거든 꼭 연락하라고 다짐을 받았다. 신부님이 되고 싶은 남이의 꿈이 이루어질 때까지 기도해주기로 약속을 하면서 안아주고 돌려보냈다.

그로부터 한 달도 채 되지 않아 남이 할머니의 부음이 날아왔다.

조문을 마치고 남이를 찾아보았다. 하지만 유족들은 남이의 행방을 얼버무리고 내 물음을 피하는 눈치였다. 남이는 할머니가 돌아가시기 전에 이미 다른 곳으로 떠나 장례식에 참석하지 못했다는 것을 알게 되었다.

할머니의 죽음을 계기로 남이에 대한 그간의 처지를 알게 되었다.

남이는 생모와 헤어지고 아버지를 찾아 할머니 집안에 들어온 미운 오리 새끼였다. 배다른 가족 틈에서 적응을 하지 못하는 바람에 할머니가 남이를 위해 단둘이 생활을 감행한 것이다. 남이가 철들 만큼 자라기까지 버티던 할머니는 신부의 꿈을 키울 만큼 남이가 자라자 아이를 세상에 맡기고 떠난 것이다.

그렇다면 맨 마지막으로 찾아온 날 남이는 자신이 처한 사정과는 다르게 거짓말을 하고 떠났던 것이 아닌가. 사실은 엄마 아빠와 따로 살고 있으면서도, 사실은 할머니나 우리와도 영영 이별하는 상황임에도, 우리에게는 엄마 아빠랑 함께 다른 곳으로 이사를 하게 되었다고 둘러댄 것이다.

남이로부터는 한 번도 전화가 걸려오지 않았다.

갑자기 변한 생활 속에서 허둥대다가 전화번호 메모를 잃어버린 것일까. 속 깊은 녀석이 일부러 전화를 피하고 있는 것일까. 떠나기 몇 주 전부터 내 주변을 서성이던 녀석, 그때 자신의 처지를 알아달라고 문을 두드렸던 것이 아니었을까.

새벽녘 문틈으로 찾아온 별빛 때문에 문을 닫을 수가 없다.

늑대가 물어간 봄

착하게 살라고
부모님께 배웠다
착하게 살았더니 가난하다
부모님을 의심하게 했다

나쁘게 살지 말라고
선생님이 가르쳤다
나쁘게 살아야 떼부자 된다
선생님을 의심하게 했다

의심은 그 자체로 실패한 것
　　　　　　　　　　-「자본주의」

　　상담객들은 하나같이 짐을 휴대하고 온다. 어떤 이는 비
교적 가벼운 그늘을, 또 어떤 이는 몇 톤짜리 그늘을 끌고 있

다. 몇 달 전 보이스피싱을 당한 아내 대신 찾아온 남편의 짐은 환산하면 사천만 원짜리였다. 피해를 본 동기는 단 하나다. 법이 없어도 살 만큼 선량하다는 것. 피해자는 사고를 당한 후에도 좀처럼 자신이 처한 현실을 받아들일 줄 몰랐다. 자신의 사고가 신문과 방송에 기사로 나간 뒤에야 자신이 실제로 피해자라는 걸 믿게 되었다. 아내가 당한 경위를 이해할 수 없는 남편은 아내가 믿는 하느님과 애먼 신앙을 탓하기에 이르렀다.

"맨날 기도나 하고 있으니 그렇게 당한 겁니다."

보이스피싱 사건의 경우, 대부분 피해자는 허술하게 당한다. 반면 상대는 완전범죄를 노리는 늑대들이라 꼬리가 길어도 잡기 어렵고 꼬리가 길지도 않다.

이런 사건을 법리적으로 풀어 가는 데는 한계가 있다. 자칫 부부 사이에 불화로 번질 위기다. 사천만 원은 위력적이다. 사천만 원이 태풍의 문짝처럼 떨어져 나가자 견고하던 사랑의 지붕이 들썩거린다. 백 년을 약정한 사랑의 계약이라도 겨우 사천만 원에 해지될 곤경에 처했다. 사천만 원이 사랑의 강도와 깊이를 실험하고 있다. 수십 년 담금질해온 사랑의 무게를 측정하고 있다. 사천만 원은 부부에게 금슬의 지표로 나타났다. 때에 따라서 사천만 원은 자칫 흉기가 될 수 있다. 집착하면 할수록 서로를 아프게 찌를 것이다. 사건 발생 전의 부부는 걸핏하면 웃음을 터뜨렸다. 하지만 그 사천만 원이 사건으로 나타나자 서로의 모습이 눈에 띄게 달라졌다.

재빠르게 인생 상담으로 전환을 시도했다.

"아내가 그만큼 착하다는 방증이다. 아내는 더 힘들 것이다. 이제부터 그간 구축해온 사랑이 저력을 발휘할 때이다. 만일 이 사건으로 부부 사이가 틀어지기라도 하면 곱절로 손해를 입는 것이다. 아내의 상처를 챙기는 게 더 이상의 손해를 막는 길이다."

피해자인 아내를 적극적으로 변호했다.

지푸라기라도 잡는 심정으로 돈이 흘러들어간 가상화폐 회사를 상대로 부당이득금 청구를 제기했다. 하지만 피고로 지목된 가상화폐 회사도 만만치 않았다. 답변서를 통해 편취 금액이 자기네 회사로 흘러들어온 걸 물증으로 입증하라고 반박하고 나왔다.

법리적으로 우리의 입장이 옹색한 것이 사실이다. 일단 피해 금액을 보전하는 차원에서 명의를 대여한 '바지'놈을 상대로 가압류를 시도하였다. 한데 이것 또한 만만치 않았다. 바지에 대한 인적 사항은 금융실명제로 인해 파악하기조차 어렵다.

실효성이 담보되지 않은 법적 절차에 비용까지 부담하는 처지가 안타까워 법무사 보수는 무료로 해주겠다고 했다. 그런데도 자리를 비운 사이에 수임료를 놓고 갔다. 선량한 사람은 피해를 보고 있는 처지면서도 남에게는 손해를 끼치지 않으려고 고집부리는 경향을 보인다. 나도 질세라 다시 불러서 부부가 놓고 간 비용을 돌려주었다.

지루한 서면 공방 끝에 첫 재판을 다녀온 아내가 며칠 만에 찾아왔다. 다른 날과는 달리 얼굴에 웃음을 그려왔다. 재판을 마치고 돌아오는 길에 사건이 터진 후 처음으로 남편이 그간 잠가놓은 웃음을 개방했다고 자랑한다. 지난번 남편을 다독이며 내가 조언한 첫 상담 내용을 자신의 아내에게 들려주면서 이번에는 남편이 아내를 다독였다고 한다. 어차피 피해 금액은 가상화폐로 변신해 꼭꼭 숨어버렸으니 그만 잊어버리자고 하면서.

"똥 밟은 셈 칩시다."

아내는 아내대로 남편에게 화답했다.

"고급 차 한 대 사준 셈 치기로 해요."

재판을 다녀온 후 오랜만에 발 뻗고 잤다고 울먹인다. 소제기와 가압류 모두 취하를 하고 일상으로 돌아가기로 했다고.

제정신을 회복한 그녀가 가족 상황을 들려주었다. 출가한 딸이 얼마 전, 조산을 하는 바람에 위험할 뻔했는데 손자가 건강하게 자라고 있다는 사연. 어렵게 취업한 아들이 너무 힘들어 회사를 그만두고 싶다고 털어놓았을 때, 정 힘들면 당장 그만두어도 좋다고 품어주었던 사연. 엄마의 포용으로 그 아들이 재충전하여 슬럼프를 넘겼다는 사연 등.

이러구러 범사를 돌아보니 이번에 잃어버린 돈이 봉헌금으로 여겨진다고 고백했다. 그동안 가족들의 전화위복과 정산하면 너무 적지 않느냐고 내가 반문했다. 그녀는 끄덕이며 웃었다.

해처럼 밝은 웃음을 당해낼 수 없던 먹구름이 그녀의 얼굴에서 사라졌다.

그동안 마음 써주어 고맙다고 봉투를 꺼내기에 마음으로만 접수하겠다고 거절했다.

"지난주부터 기도를 시작했는데 일 년 동안 해드릴게요."

내가 남는 장사를 하고 있다는 계산을 해보는 날이다. 늑대가 물어간 봄을 다시 찾아온 부부에게 올해는 남다르겠다.

마음대로 소환할 수 없는 그대

퇴직하고 딱 한 번 연락을 주고받았다. 내가 먼저 연락했던가, J가 먼저였던가. 실로 오랜만에 통화를 했다. 들떠 있던 나와는 달리 J는 담담한 태도를 보였다. 물론 어디까지나 내 일방적인 해석이다. J가 통화 직전 어떤 궁지에 몰려 있거나 급한 업무에 부닥쳐 있던 상황이었는지 모른다. 그게 마지막 안부였다.

그러다 몇 년 전, J의 근황이 궁금하던 참인데, 그랑 같이 근무했던 옛 동기와 점심을 하게 되어 J에 관해 물어봤다. 동기는 잠깐 망설이더니 뜻밖에도 J의 죽음을 꺼냈다. 아직 그걸 모르고 있는 내가 의외라는 표정이었다. 반면에 나는 자기들끼리 숨겨온 비밀을 이제야 자백 받는 기분이었다. J는 스스로 목숨을 끊었다는 것이다. 그것도 먼 타국에서 말이다. J는 당시 휴직계를 내고 가족을 만나러 간 길이었다고 한다.

뜻밖의 죽음을 전해 들은 나는 마치 불의의 일격을 당한 기분이었다. 오랫동안 쌓아온 그리움이 한순간에 무너진 것이다. 나로선 갑자기 접한 J의 죽음이 오보로 느껴졌다. J는 왜 자신의 남은 생을 밀봉해버렸을까. J의 근황을 전해주는 동기를 만나고 한동안 낭패감에 빠졌다. 남몰래 J를 마음속에 품고 지내며 J의 근황을 추적해왔다. 그런데 이미 오래전에 J는 저세상으로 건너가 딴 살림을 차리고 있었던 것이다. 나는 그런 줄도 모르고 J를 다시 만나게 될 때 좀 더 멋있고 단단한 사람으로 J에게 보이려고 얼마나 자신을 닦달하며 살았는가.

J는 웃음이 헤프지 않았다. 그렇다고 인색하지도 않았다. 청바지를 즐겨 입던 J는 차라리 공안직보다는 어디 다른 데 예컨대, 인문학 쪽이나 예술 계통에 몸을 담았더라면 자기 몫을 더 크게 발휘했을 감성의 소유자였다. 경직된 조직문화에서 청춘을 썩히기에 J는 유연한 구석이 많았다. 그런 것이 나와 닮은 점이었고, 그래서 J가 내 추억의 1번지를 차지하고 있는지도 모른다. 하여간에 J는 누굴 추궁하거나 누구의 뒤를 캐는 따위의 춥고 뜨거운 업무를 본업으로 삼기에는 너무 서늘한 사람이었다.

J가 떠나던 날 그 시각에, 나는 대체 어디서 무얼 했을까. 다행히 J가 절명하던 순간, 그에 걸맞게 어떤 고뇌 속에 잠겨 있었다면 다행이다. 하지만 내가 그 순간에 음주·가무나 즐기고 있었다면 얼마나 한심한 일인가. J를 그리워하는 자로서 자격을 박탈당했어야 할 일 아닌가.

어느 날 내가 어떤 꽃을 보는 순간 J가 문득 떠올랐다면 어쩌면 산산이 조각난 J의 일부가 꽃으로 복원된 건 아니었을까. 내가 도서관에서 책 한 권을 골라 첫 장을 펼치는데 그가 문득 떠올랐다면 J의 몸이 나무로 복원되어 제재소와 인쇄소를 거쳐 책으로 내 앞에 출연한 건 아닐까.

악마는 내게 속삭이곤 한다. 그렇게 J가 그립다면 J가 떠난 세상으로 건너가 합류하면 될 일 아닌가, 하고 부추긴다. 하지만 나는 아직 여기서 수습할 일이 한둘이 아니라며 악마를 실망시킨다. 그렇게 변명하고 나자 순간, J를 배신하는 것처럼 조금 미안해진다. 그런데 J는 이만한 일로 누구를 서운해할 사람이 아니다. 이런 내 모습을 그가 본다면 J는 오히려 나를 조용히 나무랄 것이다.

나도 J처럼 초보로 이 별에 발을 들여놓았다. 50년 넘게 주행한 지금도 초보처럼 길을 헤매고 있다. 내가 J처럼 이 별을 뜨지 못하는 건 그보다 특별한 데가 있어서는 아니다. 이곳에 당도한 이래 나는 길을 찾지 못하고 있다. 앞으로 갈 길도 모르는 주제에 J처럼 유턴하는 건 엄두를 낼 수 없다. 여전히 사람에게 무단 주차를 시도하다가 쫓겨나기 일쑤이다. 주차 하나도 딱 부러지게 못 하는 난폭운전이라고 힐난도 받으면서 말이다.

실은 얼마 전에도 주차하다가 옆에 있는 어떤 꽁지벌레와 접촉하는 바람에 생돈을 물어주어야 했다. 살짝 뺨처럼 스치기만 했는데, 겉으로는 웃는 척하더니 견적을 무겁게 보내왔다. 말로는 안 되고 돈으로 때우라는 것이었다. 할 수 없이 나는 그날 밤 코피를 쏟으며 하룻밤 뜨거운 공사를 치러야 했다.

악마의 대변인

나는 의뢰인의 소송 관계 서류를 작성해준다. 선의의 피해자를 대리할 때는 천사의 역할이지만, 악의의 가해자를 대리해야 할 땐 악마를 대변한다.

특별 사유가 없는 한 나는 사건 의뢰를 거부할 수 없다. 내 마음에 드는 사람만 고객으로 삼을 수 없는 것이다. 때로는 악의의 의뢰인에게도 상담을 요청받는다. 물론 고객 자신은 억울한 쪽이라고 변명을 늘어놓는다. 그러나 나는 오랜 경험에 비추어 사실은 그가 가해자라는 것을 알아챌 수 있다. 그런데 나는 재판장이 아니고 법전도 아니라고 나를 변호한다. 당사자의 의뢰로 그저 서류 작성을 대행해주는 것이 내 역할이라고 나를 옹호한다. 나는 생계를 위해 저지르는 일이니 내가 하는 모든 일에 장르를 구별하지 말라고 나의 비행(?)을 교묘히 방조한다. 선악과를 시시때때로 뒤엎는 논리를 개발하며 오로지 나의 의뢰인만을 대변하도록 말이다.

나는 어머니의 무릎 학교에서 '선善'을 예습하고, 초등학교에서 복습했다. 거기서 배우지 못한 '악惡'은 성인으로 발돋움하면서 독학으로 보충했다.

나는 법무사를 하면서 악에 대한 조예가 깊어졌다. 악에 관한 한 둘째가라면 서운하다. 악은 도처에 널려 있다. 나의 너절한 상담기록부에, 수임료 액면에, 당사자와의 약정서에, 의견서와 진술서 행간에, 우려낸 사례금에 깔려 있다. 악은 내 사업의 토대이고 내 이윤 창출의 주요한 매개이다. 악을 뿌리치면 선도 등을 돌리고 선악은 설 땅을 함께 잃는다. 오늘도 나는 악을 대면하기 위해 악을 쓰고 있다. 악마의 수제자가 되어, 악마의 식구가 되어, 악마의 반려자가 되어.

나는 아주 훌륭한 이윤의 숭배자가 되었다. 나는 이제 시집으로부터 축출될지 모른다. 언제 다시 법전으로부터 탄핵당할지 모른다. 내가 쓴 답변서가 주먹이 되어 재판부의 선입견을 깨부수지 못한다면 의뢰인에게 해지당할지 모른다. 나에게 필요한 건 현금성 보수이고, 의뢰인에게 필요한 건 승소를 견인할만한 망치 같은 문장이다. 저마다의 사건 뭉치는 원고와 피고 간에 자기 몫을 지키기 위한 투쟁의 기록이다. 내 일자리는 문학과는 전혀 관계가 없다. 그러므로 문학과 내 일은 낯선 관계로 만난다. 그러므로 내 일자리는 문학의 종사자인 나에게 낯선 소재를 제공할 보고寶庫이다.

당신으로 우거진 나는 빈틈이 없으므로

당신이라는 양서를 택한 나는
우등 사서입니다
누군가 당신을 복사할까 봐
차마 낭독할 수 없습니다
아무도 모르게 아무도 모르게
당신을 외웁니다

　　　　　　　　　－「묵독」 중에서

통근버스는 어디서나 만원이다.

시골인 평교리에서 인근 도시인 정읍 사이를 왕래하던
513번은 아침이면 남녀노소로 붐벼 버스 안은 노상 장터만큼
이나 시끌벅적했다. 장날은 성냥개비 하나 비집고 들어올 틈
이 없을 만큼 손님들로 빼곡했다.

버스가 출발한 지 얼마 안 되었을 때다.

갑자기 허름한 행색의 남자가 비틀거리며 바닥에 넘어졌

다. 눈동자가 초점을 잃으며 의식도 없이 뒤틀린 모습을 보였다. 몸이 뻣뻣해지더니 손발을 떨면서 얼굴은 창백해지고 입에서는 거품이 보이며 경련을 일으켰다. 발작을 일으키는 전형적인 간질 환자의 증세로 보였다.

버스 안에 있는 누구도 감히 접근하지 못하고 못 볼 것을 본 듯 혀만 차고 있었다. 승객들은 저마다 시계를 들여다보며 뭔가를 생각하는 척하는 자세로 딴전을 피웠다. 그런데 남자가 넘어지자 잽싸게 그 옆에 중년의 여자가 자리를 잡고 앉았다. 극진히 돌보는 태도로 보아 그의 가족이라는 것을 알아차릴 수 있었다. 허둥대는 모습을 보이기는커녕 익숙한 태도로 돌봐주었다. 그를 모로 눕게 한 다음 보따리에서 옷가지를 꺼내 푹신하게 머리 아래로 깔아주고 윗도리 단추를 풀어주었다.

누구의 도움 없이 환자에 대한 응급처치를 그녀 혼자 해냈다. 응급처치를 마친 그녀는 승객들을 향해 고개를 숙이며 이해까지 구하는 모습을 보였다. 그가 회복되어 정상으로 돌아올 때까지 애틋한 표정으로 그를 기다려주었다. 그녀의 얼굴에서는 창피해한다든가 하는 표정이나 태도는 읽을 수 없었다. 여자는 남자 대신 차라리 자기가 아프고 싶어 하는 표정이었다.

그날 여자는 사랑보다는 더 큰 뭔가를 지닌 사람처럼 보였다.

처음 그의 발작으로 불편스럽게 느끼던 승객들은 극진한

보살핌을 보이는 그녀의 태도에 오히려 주눅이 들었다. 거북한 표정들이 하나둘 안타까운 표정으로 바뀌고 함께 걱정하는 동행자의 표정으로 바뀌고 있었다. 승객들은 그날 아침 그녀를 통해 한 편의 사랑을 감상했다.

짧은 시간에 벌어진 대작이었다.

사건의 열쇠는 동기

베드로 씨는 시골 학교 교장 출신이다. 그는 평생 교육자로 재임하다 정년퇴직하였다. 정부에서 훈장을 받은 바 있으며 범죄예방 봉사단체에서 활동하기도 했다. 평범한 수준의 삶을 영위하며 보편적 도덕을 기준으로 살아온 시민이다. 그런 그가 교통사고를 내고 도주한 뺑소니 운전자로 입건되었다.

사고 자체는 베드로 씨도 인정하였다. 당시 주차장에서 도로 쪽으로 나오던 중, 진행 방향 우측에서 좌측으로 직진하던 상대 차량을 발견하고 브레이크를 밟아 자신의 차량이 출렁거렸을 뿐, 접촉 사실을 인지하지 못했다는 게 그의 일관된 주장이었다. 사고가 난 사실은 인정하되 구호 조치 의무를 위반하고 신고 의무를 위반하였다는 뺑소니 혐의는 극구 부인하였다.

현장 주변 CC-TV 영상에 의하면, 상대방 차량을 발견하고 브레이크를 밟은 사실과 제동 직후 양쪽 차량이 스치듯이 접촉한 사실, 그가 상대방 차량 바로 뒤에 잠깐 정차하였다가 우측 공간을 이용해 그대로 진행한 사실이 확인되었다. 충격

부분이 스치듯이 도색만 벗겨지는 정도에 그쳤다는 건 사고 충격이 그다지 크지 않았던 걸 반영하고 있다.

한편, 상대방은 사고 당시 충격에 의한 통증이 아니라 너무 놀라 병원에 들른 것이라고 진술하였다. 게다가 사고 직후 상대방이 하차하였음에도 현장에 있던 가해자 격의 그를 제지하지도 않았다. 그가 현장을 떠날 때도 상대방은 아무런 신호를 보내지 않았다.

베드로 씨는 상대적으로 감각이 떨어지는 노인으로 급정차하는 과정에서 차량의 움직임이나 주변의 소음 등으로 사고 사실을 인지하지 못했던 것으로 보였다. 그는 사고를 인지하지 못한 상태에서 현장을 벗어나 꽤 떨어진 곳에 있다가 뒤늦게 연락을 받고 사고 현장으로 돌아가 그제야 접촉 사실을 알게 된 거였다.

사고처리 과정에서 그의 진지한 항변은 간과되었다. 그가 도주할 만한 동기가 전혀 없음에도 그를 뺑소니로 간주하고 형사입건하였다. 동기야 어찌 되었든 결과만 가지고 고의범으로 단정한 거였다. 그는 하도 귀찮으니까 차라리 범죄를 인정해버리고 싶을 때도 있었다. 하지만 그러고 싶어도 동기를 댈 수 없었다. 신이 그의 영혼을 수색해봐도 동기는 찾지 못했을 것이다. 그는 한순간에 자신의 의지와는 무관하게 파렴치한 도주범이 되고 말았다.

뺑소니범으로 입건되는 바람에 그의 운전면허는 취소되

었다. 상대방 차량의 손해배상을 대행한 보험회사로부터는 구상금을 지급하라는 민사소송까지 제기되었다. 한꺼번에 몇 건의 민·형사 소송에서 피고로 전락하였다. 그로서는 소송상의 번거로움보다도 뺑소니범으로 사회적 비난을 받게 된 불명예가 마음을 후벼팠다. 삶으로부터 징계를 받는 것 같았다. 아무리 돌아봐도 징계를 받을 만큼의 잘못이 자신에게는 없는데도 말이다.

그는 입건된 날부터 매일 독방에 격리되어 구금된 채로 생활하는 기분이었다. 뺑소니범이라는 죄명을 떠올리면 먼바다를 표류하고 있는 기분이었다. 뺑소니는 스스로에 대한 모욕이고, 자신의 삶에 먹칠을 당하는 기분이었다. 아무리 웃으려고 해도 거울을 보면 정색하고 있는 자신이 보였다. 거울을 흔들어봐도 얼굴이 펴지지 않고 일그러진 채였다. 애써 웃음을 그려봐도 우울함이 다가와 웃음을 지워버렸다.

처음 상담차 방문했을 때 그가 물어봐 주기를 바라는 질문을 던져주었다. 그는 기다렸다는 듯이 준비된 한숨으로 맞장구를 쳤다. 그는 한 번도 입건된 적이 없는 사람의 원시적인 태도를 보였다. 그는 심판을 받아야 할 만한 일을 저지른 적이 없었으므로. 그는 시종일관 자신의 사건을 향해 투덜거렸다. 형사 절차가 못마땅하다는 표정으로.

먼저 흥분이 가라앉도록 그를 달랬다. 검찰에 넘어가면 불기소처분을 기대할 만하다고 안심시켰다. 섣불리 불기소를 꺼내는 데는 그럴만한 이유가 있었다. 아무리 뒤져봐도 그에게는 뺑소니범의 가장 중요한 요소인 도주의 동기가 안 보였다. 그것은 검사 앞에 가도 달라질 것이 없었다. 동기가 없으면 고의는 곧바로 무너진다. 누구라도 냉정한 태도로 이 사건을 바라보면 그가 뺑소니범이라는 것이 더 어색했을 것이다. 고의범에게서 동기를 빼고 나면 아무것도 남지 않는 법이니.

무엇보다 그는 사고 현장을 고의로 이탈할 동기가 없었다. 일반적으로 거의 모든 뺑소니 차량의 경우, 사고 운전자가 종합보험에 가입하지 않았거나, 음주운전을 하였거나, 무면허로 운전하다가 사고를 초래하였을 때 도주하는 것으로 통계상 집계되고 있다. 그런데 그는 당시 종합보험이 가입되었고, 음주를 전혀 하지 않은 상태였고, 자동차 운전면허를 보유하고 있었다. 만일 접촉사고가 난 사실을 알고 있었다면 교통사고 예외 조항에도 해당하지 않는 가벼운 접촉사고였으니 보험처리를 하면 형사 처분이 면제되는 거였다. 그러므로 고의로 현장을 이탈할 이유가 없었다. 그는 이 사건 외에 교통사고를 낸 전력도 전혀 없었다.

오히려 검사가 이 사건을 난처하게 바라보게 될 것이라고 예상했다.

'두고 보세요.'

'도리어 검사는 고민에 빠질 겁니다.'

사건이 검찰로 송치된 후 재조사를 받았는데, 그는 억울한 사정을 호소하여 거짓말탐지기 검사를 의뢰하였다. 엄정한 재조사와 과학적인 분석의 결과, 민사상 책임은 별론으로 하되 형사적인 뺑소니로는 볼 수 없다는 판정을 받았다. 주임 검사에 의하여 불기소처분(혐의 없음)을 받은 것이다.

그가 경험한 차이는 그런 거였다. 초동수사에서는 자신을 고의범으로 단정했기 때문에 질문과 답변이 사고의 결과에만 맞추어졌다. 그런데 송치된 후에는 고의가 아닐지도 모른다는 무죄 추정을 전제로 그를 대했으므로, 질문은 짧고 허술한 동기에 대답할 시간이 할애되었다고 할까. 그는 사실 검사가 왜 도망갔느냐고 추궁했다면 대답할 말도 없었다. 도망가지 않았고 도망할 이유가 없었으므로. 우연히 도망갈 수는 없고, 실수로 도망갈 수도 없는 노릇이니까.

그는 검찰의 불기소처분을 근거로 자동차 운전면허 취소처분을 취소해달라는 행정소송을 제기했다. 소장을 송달받은 지방경찰청은 면허를 살려놓을 테니 행정소송은 취소해달라는 연락을 해왔다. 구상금 청구 소송을 제기한 보험회사를 상대로도 불기소처분을 근거로 억울함을 항변하는 답변서를 제출했다. 재판부는 그의 주장을 받아들여 보험회사의 청구를 배척하고 그의 손을 들어주었다. 마침내 모든 소송에서 그가 승소한 것이다.

하지만 뺑소니범으로 몰려 몇 달간 민사 법정과 형사 법정, 행정 재판부에 불려 다니며 마음고생하고 밤잠을 설치며 입게 된 정신적 상처와 물질적 손해는 회복되지 않았다. 금전적으로 환산할 수 없는 막대한 손해를 입은 것이다.

그가 잠을 설치며 뒤척거리던 그때 법은 잠자고 있었다.

구겨진 나를 꺼내보곤 한다

초등학교 때로 거슬러 간다. 대회에 출품할 작문을 모집했다. 담임은 반에서 글깨나 쓰는 애들을 불러 며칠까지 제출하라고 기한을 정해주었다. 나도 응모자 중 한 명으로 지정했다. 턱을 괴고 그럴싸한 자만으로 퇴고를 마쳤다. 내가 읽어볼 때는 불후의 명작으로 자랄 싹이 보였다. 의기양양하게 마감을 맞추어 제출했다. 그런데 원고를 모은 담임은 여러 명의 응모작을 읽지도 않고 한 아이 것을 출품작으로 단박에 선정했다. 물론 내 원고도 거들떠보지 않았다. 감히 따져볼 엄두를 못 냈다. 성깔이 제법 있는 선생이었다. 하기야 뽑힌 계집애의 오빠랑은 담임과 같은 학교 동료 관계였다. 누군가 날구겨버린 것처럼 한동안 기분이 펴지지 않았다. 애를 써봐도 스스로 설득이 안 되었다. 글을 쓰고 싶어 키워온 욕망이 싹둑 잘려나갔다.

중학교 첫 미술 시간.
나는 운명의 미술 선생과 해후했다. 주로 판화작업을 하면서 내 소질이 그녀의 눈에 띄게 되었다. 그녀는 칭찬을 아끼지 않고 관심을 보였다. 다른 반 수업하러 가다가 들러서 내 어깨를 툭 치면서 아이들이 보든 말든 유별난 관심을 드러냈다.

그녀는 개성이 독특한 데다가 엄한 편이었으므로 아이들은 반감을 노골적으로 드러내며 수군거렸다. 관심을 독차지하고 있는 나로서는 눈치가 보이면서도 내심 우쭐했다.

그녀를 기다리는지 미술 시간을 기다리는지 나는 분간이 서지 않았다. 그녀와 미술이 내 안에 깊숙이 뿌리를 내렸다. 날이 갈수록 판화 작업을 비롯해 미술 분야에 관한 내 실력은 웃자랐다. 그 과목만큼은 다른 시간보다 푹 빠져 지냈다. 너도 나도 판화 숙제를 내게 부탁하기에 이르렀다.

그러던 어느 날, 그녀가 내 판화 작품을 호평하면서 전국 미술대회에 나가자고 제의했다. 전국 미술대회 수상을 꿈꾸며 나는 학기 말까지 맹렬하게 준비 작업을 해나갔다.

방학을 마치고 2학기 첫 미술 시간이 돌아왔다. 그런데 그녀 대신 낯선 남자가 선생으로 들어오는 것이 아닌가. 아이들은 내 마음도 모르고 그녀가 떠났다는 소식에 환호했다. 뜻밖의 사건으로 한 대 얻어맞은 나는 수업을 듣는 둥 마는 둥 아프게 끝냈다. 들리는 말로는 결혼을 위해서 그만둔 것이라고 하였다. 나는 기가 막혔다. 결국 전국 미술대회 참가는 흐지부지되고 말았다.

그날로 조각칼은 구석에 처박혔다. 미술은 견디기 어려

운 과목으로 돌변했다. 허망하게 달아날 것이면 특별한 관심을 보이지나 말지. 전국 미술대회에 나가자고 꼬시지나 말지. 잠적한 그녀와 함께 미술은 나로부터 추방되었다.

차표 한 장 손에 들고

십수 년 전 어느 석양, 분주한 내 사무실로 교통사고 처리반으로부터 다급한 전화가 걸려왔다. 사고 현장에서 의식불명인 채로 응급실에 실려간 종진 형의 보호자를 찾는 통지였다. 의료진의 최선을 다한 노력에도 불구하고 우리는 형의 마지막 하룻밤을 지켜주지 못했다. 월남전에 다녀온 형은 기침을 달고 살았다. 무뚝뚝한 누님과는 달리 노래를 무척 좋아했다. 꽃을 좋아해 집안 곳곳을 화분으로 채워놓았다. 우체국에서 추억을 송달하던 형은 당직을 서는 날이면 틈틈이 써놓은 자작 시를 전화기 너머로 읽어주곤 했다. 떠나기 얼마 전에도 형은, 만나기만 하면 노래방을 가자고 졸랐다. 우리는 구차하게 여러 핑계를 늘어놓으며 함께 가주지 못했다. 그 핑계가 가시처럼 오래오래 남아 우리를 아프게 찔렀다.

"차표 한 장~ 손에 들고~"
흥에 겨운 날이면 열 번도 넘게 부르던 종진 형의 18번이다.

생전의 그는 유달리 노래방을 좋아했다. 아니 노랫가락 자체를 좋아했다. 끝 모를 속사에 쫓고 쫓기던 우리는 소박한 그의 청을 미루고 또 미뤘다. 대기하다 지친 그는 지상에서 퇴실을 해버렸다. 유족으로 남게 된 우리는 구성진 그의 호명이 빠진 뒤 박자를 놓치고 살아간다.

환급도 왕복도 불허되는 편도 차표 하나씩을 소지하고 있다. 우리는, 예정된 시간표대로 떠나는 무비자 무한여행이다. 우리는,

예고 없이 먼저 표를 끊고 출발한 그는 지금쯤 어느 별을 경유하고 있을까. 뭇별들이 붐비는 간이역마다 어린 왕자를 앞세워 은하수 주점을 찾아가겠지.

앙코르를 듣고 싶어라 했던 형은 2절은 기본이고 4절까지 성실하게 불렀다. 추가 시간이 짧다는 걸 우리보다 귀가 밝고 눈이 맑은 그는 예감하고 있었나 보다. 노래방에 가고 싶다고 조르던 그의 청을 들어주지 못했다.

그때 우리는 쓸데없이 너무 바빴다.

저자의 땀

시집 한 권 구매하면
단독정부를
낱돈으로 이양받는 거사이다
마음에 드는 시 한 편
낭독하면
별 한 동을
거저 분양받는 횡재이다

—「광고」

책값 비싸 책을 읽지 않는다고? 책값 비싸 동네서점이 망했다고?

도서정가제 폐지를 요청하는 한 청원서를 접했다. '도서정가제'로 인해 독서 인구가 줄었고, 동네서점들이 폐업하는 원인이 되었고, 도서정가제 시행 이후로 동네서점이 줄어들고 있다는 취지의 주장이다.

'만 원짜리 책' 한 권을 판다고 할 때 출판사와 서점은 조건에 따라 다르지만 대략 5:5 비율로 책값을 나눈다고 한다. 다시 말해 출판사가 5천 원, 서점이 5천 원을 가져간다는 것이다. 출판사 몫의 5천 원 중에는 편집비, 인쇄비, 제본비, 마케팅 비용 등이 포함되어 있을 테고, 서점 몫의 5천 원 중에는 카드 수수료와 운영경비 등도 포함되어 있을 것이다.

도서정가제를 폐지하고 만 원짜리 책을 30%쯤 할인해 7천 원에 판다면 그 부족분을 누가 감당해야 할까.

'도서정가제'는 글을 쓰고, 책을 만들고, 책을 파는 사람들이 그나마 비용을 조금이라도 보전받을 수 있는 방패막이라고 할 것이다. 동네서점이 줄어든 것은 도서정가제가 주범인가. 도서정가제가 시행된 시기와 서점이 줄어든 통계만을 단순 비교하였기 때문이다.

이미 동네 인구는 줄기 시작했고, 영상 문화가 폭발적으로 확대되고 SNS가 대세로 뜨면서 활자 독서 인구는 함께 줄기 시작했다. 동네서점은 인터넷서점을 당해낼 수 없다.

도서정가제의 폐지로 싸게 판다면 책을 구매해 읽는 사람이야 잠깐 웃을 것이다. 하지만 그 웃음은 어쩐지 불편하다. 글을 쓰는 '문장 노동자'와 책을 만드는 '출판 노동자', 책을 파는 '판매 노동자'의 눈물과 맞바꾸어야 한다.

책은 문학을 담는 형식이다. 문학은 바로 '영혼 산업'이다. 책은 문학의 근간이다. 영혼 산업인 문학을 자본시장에 내

버려 둬서는 안 되는 필요 충분한 이유가 거기에 있다.

커피 두 잔을 마시면 8천 원이다(우리 동네 기준). 오줌 싸면 그만이다. 삼선짬뽕 한 그릇에 8천 원이다(우리 동네 기준). 똥 싸면 그만이다. 책 한 권에 만 원이다. 한 번 읽으면 평생 간다. 책 한 권이면 여러 명이 돌려 읽을 수 있다. 책 한 권이 여러 영혼에 평생 영향을 끼치는 것이다.

웃음은 책을 읽는 사람과 책을 만드는 사람이 공유해야한다. 이래도 책값이 비싼 것일까.

내가 아는 작가들은 가난을 숨기지도 드러내지도 않는 종족이다.

이것을 '작가의 긍지'라고 불러도 좋을 것이다.

최악의 독자

시를 쓰는 내가 시집 말고 평생 안고 사는 것이 있다. 호구지책인 법전과 판결문이다.

판결문과 난해한 시는 상반되지만 흡사한 면을 지니고 있다. 판결문은 판검사와 변호사가 한통속 되어 쓴 문장이다. 그런데 정작 사건의 당사자인 원피고는 이해할 수 없다. 필진이 당사자를 의식하지 않고 자신들만 이해할 수 있도록 그들만의 용어와 수사법으로 쓰기 때문이다.

법무사로 일하면서 쓸쓸한 웃음이 나올 때가 자주 있다. 사건 당사자가 판결문을 송달받고 판시의 본문은 물론 주문注文조차 이해를 못 하기 때문이다. 그들은 판결문 앞에서 밤새워 뒤척이다 새벽같이 달려온다. 승소한 당사자는 패소한 것으로 오인하거나 패소한 당사자가 승소한 것으로 오인한 채 상기된 표정으로 달려온다. 판결을 읽고 승소 여부를 해석해주면 그제야 패소한 당사자는 까무러치고, 승소한 당사자는 큰절로 사례를 한다.

법조계 종사자들의 편의 위주에서 비롯된 비극이다. 판

결문의 문장이 어려울수록 법조인들의 주가는 올라간다. 그들로부터 해석과 설명의 조력을 받아야만 하므로 판결문의 문장이 쉬울수록 그들의 주가는 내려간다.

계절이 바뀔 때마다 시를 게재한 잡지가 배송된다.

그때마다 가끔, 아니 시시때때로 판결문을 받아든 우매한 당사자가 된다. 송달받은 독자가 읽기 불편하고 당황스럽게 하는 판결문처럼, 비평 전문가의 도움을 받아야 저의를 느끼고 이해할 수 있는 문장들 때문이다.

아무리 운문이 느끼는 장르라고 하더라도 최소한의 의미도 파악할 수 없는 불통이라니…. 해석을 보고서야 승패를 확인하고 울고 웃는 무지한 당사자처럼, 나는 암호문 같은 시 앞에서 눈물과 미소를 보류한다. 해설자와 비평가를 옆에 두지 않은 나는 언제 울어야 하고 언제쯤 웃어야 하는가.

판결문보다 난해한 시를 받아들고 나는 울지도, 웃지도 못하고 쓸쓸해진다. 종국에는 절망에 빠지곤 한다. 우리 중 누가 승소하고 누가 패소한 것인가.

지명수배

시인이 행불되었다. 시인을 행세하는 사람만 보인다. 권력과 친숙하면 거짓을 닮는다. 시인은 '현실 치외법권적'인 아름다움을 누리는 자이다. 권력과 친숙하면 시인으로서 치외법권을 박탈당한다. 권력의 의존성에 두께가 얇고 배타성이 강한 자가 시인이다. 타인을 함부로 찬양하는 사람은 시인이 아니다. 중요한 것은 은유와 풍자에 능한 것이고, 비판에 이골이 난 반골이다. 이른바 유명 시인이 좋은 시인은 아니다. 대중이 자리하는 곳에 거짓이 동행한다. 뛰어난 선동가가 반드시 좋은 시인은 아니다. 권력을 옹호하는 시인을 우리는 상상할 수 없다. 세상의 정파라는 것은 시대에 따라 변덕스러운 것이다. 당신이 알고 있는 것이 어제는 가짜였고, 오늘 진짜로 알고 있는 것이 내일은 가짜다. 서투른 시인은 권력 앞에서 쭈뼛거리고, 능란한 시인은 권력 앞에 줄을 선다. 권력은 어용을 낳는다. 시인은 어용의 반군이다. 권력은 부패를 낳는다. 시인은 부패의 반군이다. 시인은 권력과 대척점에 있는 존재이다.

건강한 이별

과거의 이혼 상담과 근래의 이혼 상담에는 상당한 차이가 있다.

예전에는 이혼 자체가 쟁점이었다. 이혼한다면 그 책임의 무게를 따지는 공방전이었다. 근래는 이혼 자체는 별 쟁점이 안 된다. 일방이 이혼을 제기하면 책임공방을 벌이기 전에 다른 일방도 이혼 자체는 쉽게 받아들인다.

뭐니 뭐니 해도 첨예한 쟁점은 '머니money'다. 재산분할이 가사 분쟁의 팔 할을 차지한다. 근래의 이혼 재판은 사실상 재산을 나누기 위한 소송이라고 해도 과언이 아니다.

민원 씨는 젊은 신랑이다.

일 년 만에 단꿈을 깨고 별거 상태로 절차를 밟고 있다. 재판상 중대한 사유는 아니다. 협의에 따른 이혼으로 보인다. 문제는 돈이다. 재산분할에서 액면의 의견 차이로 고민하는 모양이다.

귀하가 내 조카라면?

이런 전제를 깐 다음 조심스레 제안을 던졌다. 얼마큼의 돈을 찾기 위해 소송을 한다고 치자. 결국, 아픈 이별을 감수해야 한다. 시간 낭비, 비용 낭비, 거기에 마음이 입게 될 상처를 고려하면 이긴다고 해도 지는 싸움이다.

거기다 소송으로 다치게 될 두 사람은 절룩이며 새 출발을 해야 한다. 그 차액, 자신에게 투자하는 셈 쳐라. 이별을 위한 부대비용으로 여기면 아까운 금액이 아니다. 뺏긴다고 생각하지 말고 새 출발을 위한 투자금으로 여겨라. 회복할 수 없을 만큼 파탄이 난 상태라면 헤어질 수밖에 없다. 하지만 어차피 이혼할 수밖에 없는 관계라면 건강하게 갈라서라.

지금 귀하는 마음에서 떠난 책 한 권 들고 뒤적거리는 중이다.

그러다가 읽은 문장 찢어지겠다. 더는 읽기 싫으면 조용히 책장을 덮고 책꽂이에 꽂아라. 그리고 새로운 책을 찾아 나서라. 책 잘못 골랐다고 자신과 싸우지 마라. 결단을 내리면 읽기 전과 읽은 후에 세상이 달리 보이는 책을 만날 수 있다. 그러니 새 양서를 찾는 데 청춘을 할애하라.

신랑의 굳은 표정이 조금씩 풀리고 있다.

가난한 부자

빌딩 주인을 배웅하는 장례식장은 한산했다. 생전에 망자는 타인들의 장례식장을 다닌 적이 없다. 목숨이 천년만년 갱신될 줄로 여기며 살았다. 품앗이로 자신의 장례식장을 찾아줄 조문객을 미리 모집해두지 않았다.

혼자 술 마시고 혼자 밥 먹고 혼자 놀았다. 남들과 나누어 짊어질 밥값과 술값조차 아까워서. 함부로 웃어젖히는 가난한 이웃들과 달리 그는 웃음도 아꼈다. 웃음을 호의로 오해한 나머지 돈이라도 빌려달라고 붙을까 봐 웃음을 인출하는데 인색했다. 돈을 모으는 데는 안 해본 일이 없다. 더럽고 추잡하든 비굴하든 돈이 될 만한 일에는 아낌없이 자신을 바쳤다. 그렇게 자신을 허물어뜨려 자신의 이름으로 빌딩을 우뚝 세웠다.

하지만 소설책과 시집은커녕 잡지 한 권 읽지 않았다. 경매지의 애독자였고 등기부가 그가 읽어온 활자의 전부였다. 연극은커녕 동네 극장에서 영화 한 편 보지 않았다.

기대여명을 채우지 못한 빌딩 주인이 갑자기 떠나자 빌

딩을 앞에 두고 상속인끼리 대판 붙었다. 그가 평생 쌓아올린 빌딩의 권위는 골육 간의 소송에 휘말려 두 해를 넘기지 못하고 무너졌다.

생전의 인색한 행보는 친구가 점점 줄어들게 하였고, 그에 비례하여 적들이 하나둘 생겨났다. 거래처로부터 매수할 때는 외상으로 구입하고, 거래처에 매도할 때는 현금으로 팔았다. 돈에 대해서는 잘 알지만 사랑은 몰랐다. 돈을 버는데 시간을 쏟아붓느라 셈은 누구보다 밝았다. 하지만 사랑은 제대로 사용해보지 않아서 그 효과에 어두웠다. 반대급부가 없어 보이는 사랑이 그에게는 쓸모없는 소비재였다. 주변 사람들이 돈을 인생의 도구로 여길 때도 그는 돈에 자신의 인생을 걸었다. 지폐를 교회에 맡기는 사람을 그는 이해할 수 없었다. 헐벗은 이웃에게 맡기는 액면만큼 하늘나라에서 환급받는다는 목자의 설교 따위는 비웃었다.

그는 살아 있을 때는 돈 때문에 환대를 받았을지 모르나, 죽어서는 격렬한 비난에 시달리고 있다. 돈을 앞세워 그가 선택한 길이다.

집은 텅 비었고 주인은 말이 없다

초판 1쇄 발행 | 2021년 1월 11일
초판 2쇄 발행 | 2021년 1월 25일

지은이 | 조재형
편집인 | 이용헌
펴낸이 | 윤용철
펴낸곳 | 소울앤북
주　소 | 경기도 파주시 회동길 325-22, 3층
편집실 | 서울특별시 중구 삼일대로 6길 15, 3층
전　화 | 02-2265-2950
이메일 | poemnpoem@gmail.com
등　록 | 2014년 3월 7일 제4006-2014-000088

ⓒ 조재형, 2021

ISBN 979-11-967627-8-0 03810